林格伦作品选集·美绘版

亲爱的所有中国孩子:
　　我多么想给你们每一个人都直接写信，表达对你们阅读我的书的喜悦。但是此时此刻，我只能说：祝你们阅读愉快。继续读吧，直到把我的书全部读完。
致热烈的问候！

阿斯特丽德·林格伦

LINGELUN
TIEGEMENRQINZEIJI
MeiHuiBan

铁哥们儿擒贼记

〔瑞典〕阿斯特丽德·林格伦 ◆ 著
〔瑞典〕埃里克·帕尔姆奎斯特 ◆ 画
李之义 ◆ 译

中国少年儿童新闻出版总社
中国少年儿童出版社
北京

铁哥们儿擒贼记

林格伦作品选集 {美绘版}

〔瑞典〕阿斯特丽德·林格伦 ◆ 著
〔瑞典〕埃里克·帕尔姆奎斯特 ◆ 画
李之义 ◆ 译

原版书名：*Rasmus, Pontus och Toker*
原出版人：Rabén & Sjögren Bokförlag AB, Stockholm, Sweden；
© Saltkrakan AB / Astrid Lindgren 1957,
Illustrations © Eric Palmquist
All foreign rights are handled by Saltkrakan AB, Sweden, info@saltkrakan.se
For information about Astrid Lindgren's books, see www.astridlindgren.com

图书在版编目（CIP）数据

铁哥们儿擒贼记 /（瑞典）林格伦（Lindgren,A.）著；李之义译. —北京：中国少年儿童出版社，2012.8（2018.9 重印）
（林格伦作品选集）
ISBN 978-7-5148-0768-4

Ⅰ．①铁… Ⅱ．①林… ②李… Ⅲ．①儿童文学－长篇小说－瑞典－现代 Ⅳ．① I532.84

中国版本图书馆 CIP 数据核字 (2012) 第 165381 号
著作权合同登记　图字：01-2012-4827

TIE GE MENR QIN ZEI JI
（林格伦作品选集）

出 版 发 行：**中国少年儿童新闻出版总社**
　　　　　　　　中国少年儿童出版社
出　版　人：李学谦
执行出版人：赵恒峰

策　　　划：缪　惟　高秀华	版权引进：孟令嫒	责任校对：赵聪兰
责任编辑：高秀华　史　钰	装帧设计：缪　惟	责任印务：厉　静
美术编辑：缪　惟		

社　　　址：北京市朝阳区建国门外大街丙 12 号	邮政编码：100022
总　编　室：010-57526070	传　　真：010-57526075
编　辑　部：010-57526320	发　行　部：010-57526568
网　　　址：www.ccppg.cn	
电子邮箱：zbs@ccppg.com.cn	

印刷：中青印刷厂

开本：880mm×1230mm　1/32	印张：7.5
2012 年 8 月第 1 版	2018 年 9 月北京第 12 次印刷
字数：130 千字	印数：83001-91000 册
ISBN 978-7-5148-0768-4	定价：23.00 元

图书若有印装问题，请随时向印务部退换。（010-57526718）

序

在当今世界上,有两项文学大奖是全球儿童文学作家的梦想:一项是国际安徒生文学奖,由国际儿童读物联盟(IBBY)设立,两年颁发一次;另一项则是由瑞典王国设立的林格伦文学奖,每年评选一次,奖金500万瑞典克朗,是全球奖金额最高的奖项。

瑞典儿童文学大师阿斯特丽德·林格伦女士(1907—2002),是一位著作等身的国际世纪名人,被誉为"童话外婆"。林格伦童话用讲故事的笔法、通俗的风格和神秘的想象,使作品充满童心童趣和人性的真善美,在儿童文学界独树一帜。1994年,中国少年儿童出版社把引进《林格伦作品集》列入了"地球村"图书工程出版规划,由资深编辑徐寒梅做责任编辑,由新锐画家缪惟做美编,并诚邀中国最著名的瑞典文学翻译家李之义做翻译。在瑞典驻华大使馆的全力支持下,经过5年多的努力,1999年6月9日,首批4册《林格伦作品集》(《长袜子皮皮》《小飞人卡尔松》《狮心兄弟》《米欧,我的米欧》)在瑞典驻华大使馆举行了首发式,时年92岁高龄的林格伦女士还给中国小读者亲切致函。中国图书市场对《林格伦作品集》表现了应有的热情,首版5个月就销售一空。在再版的同时,中国少年儿童出版社又开始了《林格伦作品集》第二批作品(《大侦探小卡莱》《吵闹村的孩子》《疯丫头马迪根》《淘气包埃米尔》)的翻译出版。可是,就在后4册图书即将出版前夕,2002年1月28日,94岁高龄的阿斯特丽德·林格伦女士

在斯德哥尔摩家中,在睡梦中平静去世。2002年5月,中少版《林格伦作品集》第二批4册图书正式出版。至此,中国少年儿童出版社以整整8年的时间,完成了150万字之巨的《林格伦作品集》8册的出版规划,为广大中国少年儿童读者奉献了一套相对完整、系统的世界儿童文学精品巨著,奉献了一个美丽神奇的林格伦童话星空。

由地球作为载体的人类世界是千姿百态、丰富多彩的。可以是物质的,也可以是精神的;可以是科学的,也可以是文学的。少年儿童作为人类的未来和希望,从小就应该用世界文明的一流成果来启蒙、来熏陶、来滋润。让中国的少年儿童从小就拥有一个多彩的"文学地球",与国外的小朋友站在阅读的同一起跑线上,是我们中国少年儿童出版社的神圣职责。在人类进入多媒体时代的今天,中国少年儿童出版社倾力打造了高格调、高品质的皇冠书系,该书系的图书均以"美绘版"形式呈献。皇冠书系"美绘版"图书自上市以来迅速得到了广大青少年读者的认可,取得了良好的社会效益和经济效益。今天,中国少年儿童出版社将《林格伦作品选集》纳入皇冠书系,以"美绘版"形式再次出版林格伦女士最具代表性的作品,它们分别是《长袜子皮皮》《淘气包埃米尔》《小飞人卡尔松》《大侦探小卡莱》《米欧,我的米欧》《狮心兄弟》《吵闹村的孩子》《疯丫头马迪根》《绿林女儿罗妮娅》《海滨乌鸦岛》《叮当响的大街》《铁哥们儿擒贼记》《小小流浪汉》《姐妹花》。此次中国少年儿童出版社倾力打造的"美绘版"《林格伦作品选集》,就是要让世界名著以更美的现代化形式走近少年儿童读者,就是要让林格伦的童话星空更加绚丽多彩。

愿《林格伦作品选集》(美绘版)陪伴广大的少年儿童朋友快乐成长、美丽成长。

林格伦和她创造的儿童世界

——李之义——

早在世纪之初著名作家埃伦·凯伊（1849—1926）就曾预言，20世纪将成为儿童世纪。这句话是否应验，这里不去讨论，但是林格伦在1945年步入儿童文坛就标志着世纪儿童已经诞生。这就是皮皮露达·维多利亚·鲁尔加迪娅·克鲁斯蒙达·埃弗拉伊姆·长袜子。起这个名字的人是林格伦的女儿卡琳。1941年女作家七岁的女儿卡琳因肺炎住在医院，她守在床边。女儿每天晚上请妈妈讲故事。有一天她实在不知道讲什么好了，就问女儿："我讲什么呢？"女儿顺口回答："讲长袜子皮皮。"是女儿在这一瞬间想出了这个名字。她没有追问女儿谁是长袜子皮皮，而是按着这个奇怪的名字讲了一个奇怪的小姑娘的故事。最初是给自己的女儿讲，后来邻居的小孩也来听。1944年卡琳十岁了，林格伦把这个故事写出来作为赠给女儿的生日礼物。后来她把稿子寄给伯尼尔出版公司，但是被退了回来。此举构成了这家最大的瑞典出版公司最大的失误。1945年作者对故事做了一些修改，以它参加拉本和舍格伦出版公司举办的儿童书籍比赛，获得一等奖。《长袜子皮皮》一出版立即获得成功，此事绝非偶然。当时关于瑞典儿童的教育问题的辩论正进行得如火如荼——以昔日的权威性教育为一方，以现代自由教育思想为另一方。早在20世纪30年代，人们就开始对童年教育感兴趣，并有新的儿童教育信号出现。很多人提出，对儿童进行严厉、无条件服从的教育会使儿童产生压抑和自卑感。人们揭露和批判当局推行的类似德国纳粹主义和意大利法西斯主义的绝对

权威和盲从的教育思想。

《长袜子皮皮》这部作品讲一位小姑娘,她一个人住在一栋小房子里,生活完全自理,富得像一位财神,壮得像一匹马。她所做的一切几乎都违背成年人的意志,不去学校上学,满嘴的瞎话,与警察开玩笑,戏弄流浪汉。她花钱买一大堆糖果,分发给所有的孩子。她的爸爸有点儿不可思议,是南海一个岛上的国王。这位小姑娘自然成了孩子们的新偶像。关于皮皮的书共有三本,多次再版,成为瑞典有史以来儿童书籍中最大的畅销书。目前该书已出版90多种版本,总发行量达到1.3亿册。对全世界的儿童来说,皮皮是一个令人喜爱、近乎神秘主义的形象,可与福尔摩斯、唐老鸭、米老鼠、小红帽和白雪公主相媲美。

在2004年5月26日阿斯特丽德·林格伦儿童文学奖第二次颁奖大会上,瑞典首相约兰·佩尔松在致辞时这样评论《长袜子皮皮》这部作品:"长袜子皮皮之书的出版带有革命性的意义。林格伦用长袜子皮皮这个人物形象在某种程度上把儿童和儿童文学从传统、迷信权威和道德主义中解放出来,在皮皮身上很少有这类东西。皮皮变成了自由人类的象征。"

在儿童文学领域里,林格伦创造了两种风格:通俗和想象,两种风格以不同的方式体现她的创作特征。通俗的故事有时候接近琐碎,有时候带有喜剧色彩。比如以女作家自己的成长环境和自己的兄弟姐妹为原型的《吵闹村的孩子》《吵架人大街》和《疯丫头马迪根》。富于想象的作品是以《尼尔斯·卡尔松-小精灵》为开端。主人公是个小精灵,住在地板底下,后来成了一位孤单的小男孩的好伙伴,使阴郁、沉重的生活变成多彩的梦幻之国。《南草地》中的故事采用民间故事的创作手法,把昔日人间的残酷、疾病和忧伤变成了想象中的美

梦、善良和温暖。

但是用富于想象的手法创作的作品应首推三部伟大的小说：《米欧，我的米欧》(1954)、《狮心兄弟》(1973)和《绿林女儿罗妮娅》(1981)。第一部作品表面上非常通俗，主人公布·维尔赫尔姆·奥尔松是一位被领养的小男孩。他坐在长凳上，想着自己极不温暖的家庭生活。突然他的梦变成了现实，他搬到了童话世界——玫瑰之国，他的父亲是那里的国王，他变成了米欧王子。他用一把带魔法的宝剑把他父亲的臣民从残暴的骑士卡托的统治下解救出来。作品有着民间故事的所有特征。《狮心兄弟》也描写善与恶的矛盾。主人公是一位胆小的小男孩斯科尔班，但是在危险时刻他克服了自己的恐惧，勇敢地与邪恶进行斗争，并取得了胜利。斯科尔班身体虚弱、胆小怕事，这一点与他和哥哥一起把南极亚拉从暴君滕格尔、恶魔卡特拉手里解放出来的壮举形成鲜明对比。作品中有这样的情节：兄弟俩从悬崖上跳下去，以便从南极亚拉到另一个国家南极里马。他们去了另外一个世界以后变得强壮、勇敢和健康。一部分人把这一描写解释成儿童自杀，但多数人把这段解释成一种故事情节的升华，由一个想象的世界到另一个想象的世界。我还听到有第三种解释，即瑞典是一个福利社会，人们没有物质生活方面的困难，老人和孩子都很怕死。老人可以用基督教的来世梦想和进入天国之类的事求得安慰。孩子们怎么办？他们经常给报社或电视台写信、打电话，问"人为什么要死？"专家们用科学的方法给孩子们讲解生与死的辩证关系、新陈代谢等，说明死并不都是坏事。作家通过自己富于想象的作品不是也可以起到相同的作用，甚至效果更好吗？《绿林女儿罗妮娅》比上边提到的两部作品有更多的现实主义成分，书中所描写的问题有更多的可能性。女孩罗妮娅和男孩毕尔克分属两个世代为仇的绿林家庭。两个人对自己家庭传统进行造

反,一种真挚的友谊在他们之间迅速建立,他们拒绝再过到处抢劫的绿林生活。人们称这部作品为瑞典式的《罗密欧与朱丽叶》。两个孩子在山洞里过着与世隔绝的生活,这也有点儿像《鲁滨孙漂流记》。但作品有着林格伦自己的特征:紧张的情节、通俗的现实主义和幽默风趣。罗妮娅和毕尔克生活在充满可怕和喜剧性生灵的世界里,如人面野鹰和小人熊等。他们的父亲都是魁梧、健壮、心地善良的绿林首领,但他们不知道除了劫富济贫的绿林生活外,还有其他什么选择。

林格伦的另一部分作品介于通俗与想象两种风格之间。《淘气包埃米尔》(1963)中很多故事相当粗犷和非理性,有着伟大的喜剧风格,但一切都植根于世纪之交的斯莫兰的日常生活。一部分内容有点儿像古代的英雄萨迦,如埃米尔在风雪中把病入膏肓的阿尔弗雷德送到医院,以及请穷苦的人们吃圣诞饭。

当《小飞人卡尔松》(1955)中的卡尔松飞进小弟的中产阶级家庭生活时,起初人们都把他看作是孤单儿童的虚幻中的伙伴。但卡尔松是一个极富有个性的小家伙,有着人类的各种特征——他爱说大话、自私自利、不诚实和爱翻别人的东西,还不停地给小弟制造麻烦。但是小弟和其他读过这本书的孩子都喜欢他——"不胖不瘦、风华正茂"。如果人们偶尔还把他当作虚幻的人物的话,那么在小弟把他介绍给其他家庭成员时,这种感觉马上消失了,他成了一个实实在在的人。

林格伦的作品还包括侦探小说,如《大侦探小卡莱》(1946);专门描写女孩子的作品,如《布丽特-马利亚心情舒畅了》(1944)、《夏士婷和我》(1945)。作品幽默、大方,很少有道德说教。

林格伦1907年出生在瑞典斯莫兰省一个农民家里。20世纪20年代到斯德哥尔摩求学,毕业后做过一两年秘书工作。她有30多部作品,获得过各种荣誉和奖励。1950年获瑞典图书馆协会颁发的

"尼尔斯·豪尔耶松金匾",1957年获瑞典"高级文学标准作家"国家奖,1958年获"安徒生金质奖章",1970年获瑞典《快报》"儿童文学和促进文学事业金船奖";1971年获瑞典文学院"金质大奖章"。此外,她还获得过1959年《纽约先驱论坛报》春季奖和1957年德国青年书籍比赛的特别奖。她在1946年—1970年将近1/4世纪里担任拉本和舍格伦出版公司儿童部主编,对创造这个时期的瑞典儿童文学的黄金时代做出了很大贡献。

2002年,林格伦女士以94岁高龄辞世,瑞典为她举行了国葬,人们称她为民族英雄。在我送的花圈上写着:"你的中文译者向你致最后的敬意!"她走了,却给世界留下了宝贵的文学遗产。她的作品被译成多国文字,发行量达到1.3亿册。把她的书摞起来有175个埃菲尔铁塔那么高,把它们排成行可以绕地球三圈。

瑞典文学院院士阿托尔·隆德克维斯特在1971年瑞典文学院授予她"金质大奖章"的授奖仪式上说:

尊敬的夫人,在目前从事文艺活动的瑞典人中,大概除了英玛尔·伯格曼之外,没有一个人像您那样蜚声世界。

您在这个世界上选择了自己的世界,这个世界是属于儿童的,他们是我们当中的天外来客,而您似乎有着特殊的能力和令人惊异的方法认识他们和了解他们。瑞典文学院表彰您在一个困难的文学领域里所做的贡献,您赋予这个领域一种新的艺术风格,即充分的心理描写、幽默和叙事情趣。

林格伦作品选集
LINGELUN ZUOPINXUANJI

目录

第一章 / 1

第二章 / 16

第三章 / 28

第四章 / 49

第五章 / 70

第六章 / 91

第七章 / 113

第八章 / 137

目录

第九章 /156

第十章 /184

第十一章 /210

译者后记 /227

第一章

一位身体结实、蓝眼睛、头发蓬松的男孩坐在最后一排紧靠窗户的座位上。他叫拉斯莫斯，全名拉斯莫斯·佩尔松，11岁，是家住西水湾的帕特里克·佩尔松警官唯一的儿子。

"我的儿子拉斯莫斯是学校所有老师最喜爱的学生。"谁问起他儿子的情况这位父亲都这样说。

教数学的弗利贝里老师大概从来没有听说过这种事，否则不会在阳光明媚的五月那天讲出下面的话，那是在西水湾历史悠久的中学给一年级上数学课时讲的：

"坏小子……对，就是你，拉斯莫斯·佩尔松！"

拉斯莫斯从座位上站起来，愧疚地看着自己的老师。

"你为什么要往斯迪格头上扔橡皮？你认为课堂上这样做对吗？"

拉斯莫斯本来可以回答，因为斯迪格先动手，用尺子戳他的头，正在上课他也要报复，这没办法。但是他没有说出来。

聪明的斯迪格是趁老师转身在黑板上写字时干的，此时他在座位上显得非常老实和用功。

"对吧？"弗利贝里老师说，"你应该解释一下，为什么要用橡皮砸斯迪格的头呢？应该解释一下吧？"

"我只能这样，"拉斯莫斯小声说，"我不敢拿笔戳他。"

弗利贝里老师若有所思地点了点头。

"真的不敢？希望我这节微不足道的数学课没妨碍你吧？如果你有兴趣，是不是要拿着各种笔朝四处乱砸呢？"

"对，不过要等下节课，下节课是拼写练习课。"拉斯莫斯小声说。弗利贝里老师是他最喜欢的老师，不过他有点儿烦人，挖苦人的时候，你摸不透他的真正意图，比如现在，是这样回答好呢，还是别再吭声？

弗利贝里老师又一次若有所思地点了点头说：

"啊，是这样！那我觉得你现在还是到走廊里休息一会儿吧，不然你下节课可能没有足够的力气朝四周施展你的武器，改天再做你的数学题也不错。"

拉斯莫斯顺从地朝门口走去。这不是他第一次被赶出课堂。老师们似乎有一种特殊的偏爱，喜欢将自己最喜爱的学生不时地赶出课堂。

拉斯莫斯经过蓬杜斯的位子时，蓬杜斯向他挤眼鼓励，而拉斯莫斯挤眼回应。蓬杜斯是他休戚与共的朋友和忠实的追随

者，看来他更愿意跟拉斯莫斯一起被赶出课堂。

不过弗利贝里老师强调，利用在走廊休息的那段时间要好好反省一下自己的所作所为，反省的时候必须一个人待在那里。拉斯莫斯没太明白老师让他反省的用意，他认为待在走廊里可能更有意思，拉斯莫斯认为他确实没有多少东西可反省的。不过老师要求这样做，他就想一想吧。

走廊里空无一人，静悄悄的，只有极轻微的声音从教室里传出来。拉斯莫斯来到窗台底下，那里历来是一代又一代淘气的男孩们反省过错的地方。他试图认真反省一下自己，但这是一件极为无聊的事情。在他想过自己的数学成绩很差、不应该往别人身上扔东西以后，思想就开小差了，对于教室里传出的那种轻微的声音，啊，如果能把它们捕捉并储存在类似电瓶的容器里，需要的时候把它哗啦一声摔成碎片，一大堆德语前置词、臼齿、河流的支流这类知识就会散落一地！实际上发明一种比较好的知识机器不是没有可能，里边装满老师要求我们知道的所有那类无聊的东西，每天早晨用气筒把一定数量的知识打到脑袋里去，剩下的时间就可以玩个痛快，用不着再学习了。

他朝学校围墙外边的自由天地和明亮的五月天看了一眼。太阳照耀着整个城市，现在正是五月紫丁香花盛开的季节，就连西水湾也很漂亮。无论走到哪里，都能看到大片大片的紫丁

香花，栗树也开花了。全城所有的花园都飘着粉色和白色的苹果树花瓣，它们把丑陋的小房子盖住，看起来就像饼干上面加了奶油。拉斯莫斯甚至从窗子能看到警察局也掩映在盛开的杜鹃花之中，让人觉得很温馨，一点儿也不像人们想象中的那样阴森可怕。如果有一个望远镜，他说不定可以看到坐在值班室里的父亲。啊，不过世界上大概没有这么好的望远镜，多亏没有这样的望远镜，否则他父亲肯定会有一个。拉斯莫斯认为，此时最好自己不在父亲的视线范围内。

　　他往下边大街上看，他多么希望到那里去啊！今天是春季集市，人来人往很热闹，如果他是自由的，会有多少事情可做呀，此时他坐在这里真是灾难。除此以外，从远处还传来了音乐声。这是一支铜管乐队在广场那边演奏乐曲，欢乐的管乐声使阳光显得更加灿烂，天空更加蔚蓝和喜庆。听到音乐声，街上所有的孩子都飞快地朝广场跑过去，就像身后被狗蝇追着的一群小牛犊。对了对了，小学今天放假！拉斯莫斯内心充满嫉妒。此时他才意识到，他应该留在小学，不应该让自己上中学。他突然感到，他内心多么讨厌所有比小学高的学校和那里所有的老师。他们无异于想方设法阻止人们寻求快乐的监狱看守。

　　但是在这点上他有些不公正。教师这个行业里也有真正的好人。西水湾中学厚道的老校长肯定也注意到春光是多么明

媚，注意到今天城里有集市。因此他灵机一动，做出了令人感到幸福无比的决定。就在拉斯莫斯坐在那里对整个教师行业愤愤不平的时候，这位校长向所有班级的教室派去了信使，带着校长用潦草的笔体匆忙写下的奇妙话语："天气美好，最后两个小时放假。"

　　那个给低年级各班送信的不是别人，正是普丽根——拉斯莫斯的姐姐。她16岁，上高中，此时正在一年级教室的走廊里跑来跑去，漂亮的马尾辫不停地飘摆着。拉斯莫斯希望这是幻觉。当他被赶出教室时，姐姐几乎是他最不愿意碰到的人。但是这个人确实就是普丽根，其实她早就发现了坐在窗子底下，穿着牛仔裤、花格子衬衣的那个人，只是不露声色，那不是自己宝贝弟弟还能是谁呢，她很爱自己的弟弟，尽管也经常跟他吵嘴。

　　"你在这里做什么？"普丽根严厉地问。

　　"我想去理发，"拉斯莫斯说，"你呢？"

　　普丽根恶狠狠地看了他一眼。

　　"少装蒜！你在这里做什么……说！"

　　"想问题，"拉斯莫斯说，"我只是坐在这里想问题。是老师的命令！"

　　普丽根很惊奇。

　　"是这样，你在想什么，如果我能问一下？"

"不关你的事，"拉斯莫斯说，"我至少不像有的人从早到晚都想着尤阿基姆。"

普丽根哼了一声，消失在一年级的教室里。很快拉斯莫斯就听到从那里传出一阵喊叫声，一阵巨大的欢呼声，在同一瞬间学校的铃声响了，从教室里涌出一大群男孩子。他们拼命朝门口外的自由天地奔去，就像海上遇险的人往救生船上逃命一样，每一秒钟都生死攸关！但是拉斯莫斯迟疑不决地站在那里。没有老师发话他不敢走。

弗利贝里老师从教室里出来经过那里时，看到了那个带着悔过表情的罪人。他停下脚步，揪住拉斯莫斯的耳朵。

"怎么样？"他问。

拉斯莫斯没有回答，但是弗利贝里老师看透了这个男孩子的心思，他想离开那里。这位老师是一个聪明人，他微笑着说："释放所有的俘虏……春天到了！"

在校园外面，两位被释放的俘虏沐浴在春天舒适的阳光里。

"看一看是人头像这面还是带箭头那面，"拉斯莫斯一边说一边把一枚5厄尔硬币举到蓬杜斯的鼻子底下，"如果是人头像，我们就去碾虱子人集市玩；如果是箭头，我们也去那里。但是如果这枚硬币扔在地上立着不倒，我们就回家做作业。"

蓬杜斯满意地笑了。

"好，公正无比。我们当然希望硬币立着不倒，我们希望出现这个结果。"

拉斯莫斯把硬币朝空中抛去，硬币掉在人行道上轻声响了一下。他弯下腰去看，咧着大嘴笑了："啊——它没立住，不用回家做作业了！"

蓬杜斯又笑了。

"命该如此，"他说，"就是拿撬棍也顶不住。碾虱子人集市胜利了。过来，我们走！"

碾虱子人集市是这座城市的古老市场，上百年来马贩子和做家畜买卖的人都聚集在那里的春季集市上。流动马戏团、流动动物园和流动儿童游乐场都到那里安营扎寨，平静的西水湾所有惊险、刺激的事那里都有。那里的空气本身就很刺鼻，比如一股昔日的马粪臭味儿久留不散，某种鲜明的古代特色也没有完全消失，昔日舞刀弄枪的和野蛮的鞑靼人生活方式在此还有所保留。如今只是变得平和了一些。周围农村喜欢赶集的农民像往常那样聚在那里买猪崽或者换奶牛，但是露面的马贩子不多了，因为可交易的马匹少了。当然还是有人带着瘦弱的母马来，在被人试赶时累得浑身流汗。时至今日市场还是很繁荣，旋转木马在旋转，射击场枪声不断，在市场周围搭建的车载帐篷里住着很多讲五花八门外国语的奇怪异国人。西水湾的

每一个孩子都喜欢到那里体验一下前所未有的历险。

碾虱子人集市这个名字是古代流传下来的,包含流浪汉身上长满虱子要不停地捉拿碾死这类意思,如今再这样叫非常不公正。市场周围那些破旧小房子里没有任何不三不四的人,起码住在那里的人对这个名字非常愤怒。但是没有一个人愿意叫碾虱子人集市的真正名字——西市场。

那枚5厄尔硬币拒绝站立不倒,拉斯莫斯和蓬杜斯心安理得地朝集市走去。生活是那么美好,白天是那么漫长,他们用不着太匆忙。他们勾肩搭背,友好地走在大街上,皮带上夹着的那些该死的作业本耷拉在大腿周围。这时候一只短腿、粗毛的黑色达克斯小猎狗朝他们奔跑过来。

"看那边,狗狗陶科尔来了!"蓬杜斯说。

拉斯莫斯露出热烈的目光,陶科尔是他心爱的狗。见到陶科尔他很高兴,也有点儿心疼。他用责备的口气说:"陶科尔,你是知道的,不能这样从家里跑出来。"

小狗羞愧地停住,犹豫地竖起一只前爪,静静地站在那里看着主人。拉斯莫斯看着自己的狗,充满温情地说:"不能从家里跑出来,这你是知道的,陶科尔。不过来就来吧!"

陶科尔走过来。由于被原谅,它变得欣喜若狂,浑身每块肌肉都不停地抖动,尾巴在空中不停地摇摆,还高兴地叫起来,觉得自己是世界上最得意的狗。

拉斯莫斯弯下腰,把狗抱在怀里。"你是一个小笨蛋,陶科尔。"他一边说一边抚摸着它黑黑的头。

蓬杜斯嫉妒地看着,说:"你要是真有了自己的狗,说不定会有多么得意忘形呢。"

拉斯莫斯把陶科尔抱得更紧了。

"对,不是我一个人的狗我也很高兴。它跟我的完全一样。尽管普丽根总是千方百计地讨好它。"

他刚说完,就看见自己的姐姐从街角慢慢悠悠地走了过来。她不是一个人,和她在一起的是她刚刚爱上的尤阿基姆·冯·荣根。看的出来,她在全力讨好他。

拉斯莫斯会意地推了蓬杜斯一下,说:"看他们!人一旦有了爱情,怎么会变得那么傻!"

看到一个家庭成员傻乎乎的举止真让人感到不舒服。普丽根拉着尤阿基姆的手,他们互相看着笑着,根本没有看见大街上还有其他人。

"普丽根，你是我知道的最甜美的人。"尤阿基姆说得那么清楚，谁都能听到，"我太爱你了！"

拉斯莫斯和蓬杜斯怪笑起来。这时候这对相爱的人才意识到，这个世界不仅只有他们两个。

"蓬杜斯，你是我知道的最甜美的人。"拉斯莫斯一边学着尤阿基姆的语调一边深情地看着蓬杜斯。

"你知道吗，拉斯莫斯，我太爱你了！"蓬杜斯信誓旦旦地说。

普丽根笑了。

"为什么一定要有弟弟呢？"她无奈地对尤阿基姆说。

实际上她还是非常喜欢有个弟弟，特别是这个活泼、眼睛炯炯有神、像小马驹似的弟弟。他躺在摇篮里时，她的内心就非常怜爱他，恨不得把他托在手上。另外，她与尤阿基姆漫步在五月的阳光里，她又是他所知道的最甜美的姑娘，她的心情好极了。她为什么要在意两个臭小孩逗她呢？陶醉在春天的气息里，她用手拉住拉斯莫斯，迅速、有力地推了他一下。

"不管怎么说，"她说，"他是个真正的小帅哥，货真价实！"

被称作小帅哥的弟弟竭力保护自己，这种举动太危险了！普丽根实在不应该做出这样的事，她不仅丢了自己的脸，也丢了那些身不由己成了她弟弟的其他人的脸。

"别动我,"拉斯莫斯用一种愤怒的声音说,"至少在大街上你应该克制自己!"

普丽根听到一阵温和但成心气人的怪笑,她重新拉住尤阿基姆的手,早忘了她还有一个弟弟。

"哎哟,哎哟,"蓬杜斯一边说一边目送普丽根和尤阿基姆远去,"他们真够傻的!我永远也不会像他们那样!"

"真的不会吗?不对,那样不错,没什么可怕的!"拉斯莫斯对这种不理智的思想加以嘲笑。

狗狗陶科尔围着他跳来跳去,不停地叫。很明显,它认为一只狗从家里跑出来就是为了迎接自己的主人,不是站在这里

看人们互相拥抱。如果有谁需要拥抱的话,那就是它自己。它的主人也有同感。

他再一次把陶科尔拉过来,抚摩它,用最温柔的声音说:"好啦好啦,你太可爱了,陶科尔!"

这时候蓬杜斯又笑了:"至少在大街上你要克制自己,我认为应该像你刚才说的那样。"

"哎呀,"拉斯莫斯说,"跟狗狗亲昵与和人亲昵是有区别的!"

这时候他突然不说话了。他在听什么,这时候传来了铜管乐的声音。刚才是从很远的广场传来,但是现在听起来越来越近、越来越近。这时候一辆卡车从大街上慢慢驶来。车厢里坐着来自初等学校乐队的六个男孩子,手里的铜管乐器在阳光下闪闪发亮,他们喘着粗气吹奏着《拿破仑阿尔卑斯山进行曲》。西水湾各个年龄段的孩子们沿着拿破仑的足迹前进。他们跟在卡车后面一边踏着快乐的曲调前进,一边兴奋地读着贴在车身上的大幅标语。拉斯莫斯和蓬杜斯也读起来:

欢迎光临西市场游乐园!
请看世界著名的吞剑者阿尔弗雷德!
旋转木马和射击场
衷心欢迎!

"太好了。"拉斯莫斯说。

蓬杜斯赞同地点了点头,说:"对,但是要花钱买票啊。你有吗?"

拉斯莫斯把那枚硬币抛向空中又接住。

"很多!整整5厄尔!我们可以买下半个儿童游乐场。"他戏谑地说。

还是蓬杜斯有办法,他说:"把我们捡来的废钢铁卖一些不就成了吗。"

拉斯莫斯点点头。每周只有50厄尔零用钱的穷学生,再不参加一些娱乐活动,生活会变得多么枯燥!拉斯莫斯和蓬杜斯很早就认识到这一点,在整个西水湾靠捡破烂攒钱参加娱乐活动没有人超过他们。他们不停地到处寻找乱扔的空瓶子、长锈的旧铁器,就像小猪用鼻子到处拱,寻找蘑菇一样,他们乐滋滋地把战利品堆放在碾虱子人集市附近。蓬杜斯属于一个古老而体面的碾虱子人家族,他住在那里的一个又大又破的出租公寓里。"蓬杜斯·马格努松 & 拉斯莫斯·佩尔松联合垃圾责任有限公司"的仓库就设在他家地下室,门上有人人皆知的漂亮门匾。

口袋里只有5厄尔就逛儿童游乐场真是一件很难为情的事。那里处处需要钱。拉斯莫斯和蓬杜斯到碾虱子人集市去本来只想看一看,没想到参与每一项活动都要花钱。他们站在大门口,贪婪地看着里边的旋转木马和射击场。啊,那里有那么

多要花钱的项目!

"旋转木马我们一定得搞点钱去玩一玩,"蓬杜斯说,"还有那些秋千!"

"对,还有那个能吞宝剑的人。"拉斯莫斯说,"我非常想看一看,他怎么能把一柄宝剑吞进去。"

狗狗陶科尔发疯似的叫着。狗狗长这么大,从来没有看见过旋转木马,它不能确信,这类瞎转的玩意儿应不应该存在。此外,那里的气氛显得很奇怪、很陌生,因此狗狗必须要大声地叫,警告人们不要对那里的气氛视而不见。

"哎呀,陶科尔,"拉斯莫斯说,"不像你想象的那样,你不能坐旋转木马。"

他转身对着蓬杜斯说:"第一,我必须带陶科尔回家。第二,我必须回家吃晚饭。"

"第三,我们必须到收废品的破烂王约翰那里卖破烂。"蓬杜斯说,"而第四,我们无论如何要把作业做完。"

"第四,管它作业不作业的呢。第五,今天晚上我们一定得到这里来,乒乒乓乓,我们非来这里不可!"

事情就这么定了。

第二章

到儿童游乐场并不像拉斯莫斯想得那么容易，这一点他应该知道。他应该避免进入妈妈的势力范围，妈妈对学校的功课可不像他那样的无所谓。但是饥饿迫使他不得不回家，此时他同其他家庭成员一起坐在餐桌前吃晚饭，前边的盘子里放着一大摞猪肉香肠和土豆泥。

"谢谢，不做完作业别想上什么儿童游乐场。"她说，跟他预先想得完全一样。

妈妈这个人很怪，表面看上去开朗、温柔，但内心就像一个军队指挥员，这是爸爸说的。

"不管怎么样都要听妈妈的，"他总是这样说，"这是最好的办法。"除了她谁也指挥不动一个愚蠢的警察、两个不理智的孩子和一只不听话的小狗，这一点他们根本没有注意到。

爸爸认为，地球上没有谁像妈妈那么好。

"妈妈什么都得管，"他说，"管我、管孩子、管狗和房

子，啊，还有院子……我只管栽树、锄草、浇水、剪树篱和草坪。"

有时候他还为她唱歌。

"母亲，亲爱的母亲，谁有你那么好……"他唱道。

但是妈妈每次都说："不是这样，帕特里克。'谁有你那么好'……说的应该是你。"

这时候爸爸会说："彼此彼此，古兰，最重要的是，你就是你。"

拉斯莫斯也认为，妈妈这样很好，只是在某些事情上宽容一点就行了。

"做完作业之前别想去什么儿童游乐场。"他们坐在餐桌旁吃晚饭的时候她说。

"哎呀，哎呀，"拉斯莫斯说，"我们几乎没什么作业……"

这时候普丽根打断了他的话，严厉地看着他装得满满的盘子和快要被他吃干净的土豆泥碗。

"喂，真幸运，你还没有把土豆泥都吃掉。我看到了，你真手下留情，还给我留了点儿。"

"啊，对不起，我事先没想到。哎呀，妈妈，我可以走了吧？"

"炉子上的锅里还有很多，"他的妈妈说，"但是不把作

业做完,别想去什么儿童游乐场。"

"哎呀,哎呀,"拉斯莫斯又说了一遍,"我们几乎没有任何明天要交的作业。再说了,那些作业上的东西我早会了。"

他继续说下去之前又咽了一口饭。

"顺便说一句,我可以在吃早饭的时候做,这回行了吧!"

"又是这样,"他的妈妈说,"还是老一套,我都听够了。你根本没有作业,那些东西你早就会了,你可以在吃早饭的时候做,如今你们的学校真是太好了!"

这时候爸爸插话了:"我告诉你,拉斯莫斯,我们那个时候,没把维斯坎河、埃特兰河,尼桑河和拉坎河背得滚瓜烂熟之前,根本不许去儿童游乐场。"

拉斯莫斯哼了一声说:

"就因为我想去儿童游乐场,我们一定要回到远古时代吗?"他气愤地说,"难道家长协会有这样的规定,孩子上学期间,不能有任何娱乐活动吗?"

"哎呀,哎呀,我们冷静点儿!"他的父亲继续把话岔开。

"你听着,拉斯莫斯,我今天可把你大吹特吹了一顿。"

"向谁?"拉斯莫斯不安地问。他很清楚,他父亲吹嘘自己的孩子是怎么回事。他仍然记得,几天前拉斯莫斯到警察局玩的时候,他的父亲跟那位上士警官说的话:

"我就是不明白,我怎么会有两个如此漂亮、如此有天赋

的孩子？啊，当然随古兰。他们一定要接受良好的教育，这一点你完全可以相信，上士警官。他们不像其他人那样只掌握类似尼桑河、拉坎河和其他这类小玩意儿，啊，他们要受正规教育，要会 sprechen sie deutsch（讲德语）和掌握所有的知识。"

此时爸爸坐在这里，神经兮兮的，他说他不久以前又大吹特吹了一顿。

"向谁吹嘘？当然是那位上士警官。'我们家的拉斯莫斯在学校里一直名列前茅，'"他说，"'这一点你完全可以相信，上士警官！'"

"哈哈，"普丽根说，"你最好说，他要留级。"

拉斯莫斯和父亲都不满意地看着她。

"你真没劲！"拉斯莫斯说。

"我的上帝！"爸爸说，"啊，你怎么可以这样说我的儿子。我的儿子已经决定，他吃完猪肉香肠就准备认认真真地做作业。"

"是呀，是呀。"拉斯莫斯说。

"说得对。"妈妈说。

然后一阵沉默。人们只听到院子里那只小画眉的叫声，它像往常那样在高声歌唱。从开着的厨房窗子不时地飘进一股紫丁香的香味儿，还夹杂着浓烈的猪肉香肠的味道，可能正是这

个原因普丽根突然像着了迷似的。

"顺便说一句,我也要去儿童游乐场,"她说,"跟尤阿基姆一起去!"

"尤阿基姆,尤阿基姆,尤阿基姆,"拉斯莫斯自言自语,"她的魂儿已经被尤阿基姆勾走了!"

但是爸爸显得很高兴,揪了揪普丽根的马尾辫。

"尤阿基姆,就是你最爱的那个,对吗?"

普丽根使劲地点了点头。

"对,大家都喜欢他。全校的女孩子都爱他。"

拉斯莫斯怪笑了一下。

"不包括我。"他说,"顺便问一句,你的作业做得怎么样了?"他继续说,"没做完作业是不可以去儿童游乐场的,这一点你很清楚。"

普丽根笑了,随后转身对妈妈说:

"妈妈,待会儿我去尤阿基姆家练习演奏,晚一点儿回家,别担心。"

拉斯莫斯来了精神。

"你们练习什么呢?"

"'叮叮当当'要为星期天春之声晚会演出进行练习。"

"叮叮当当"是学校乐团的名字,普丽根在乐团里弹琵琶。

拉斯莫斯又猛吃起土豆泥。

"是吗，我还以为你和尤阿基姆要练习这个：你多可爱呀，普丽根，我是多么爱你呀。"

"哈哈！"普丽根说。

"尤阿基姆是这样说的吗？"妈妈问。

"对，多好啊，就是这样说的。"普丽根得意地说，"学校里所有的女孩子都爱他，但是他就爱我一个人。"

"就一刻钟热火劲儿，对。"拉斯莫斯说。

普丽根露出迷梦般的表情。

"我一旦跟尤阿基姆结婚，就不再叫普丽根，而改叫帕特丽夏。帕特丽夏·冯·荣根，我觉得真好听。"

"妙极了，"拉斯莫斯说，"乒乒乓乓！"

但是妈妈摇了摇头。

"别讲这类蠢话，普丽根。"她说。

拉斯莫斯把普丽根旁边的盘子拿起来。

"男爵夫人（指普丽根）想再来点儿猪肉香肠，还是让我把最后一块消灭掉？"

狗狗陶科尔一直静静地趴在餐桌底下拉斯莫斯脚旁边，但这时它突然高声叫了一声，好像说，大家都知道最后这块香肠应该给谁吃。拉斯莫斯朝桌子下看了看它。

"对，陶科尔……应该你吃！妈妈，我能把最后这一块香肠给陶科尔吃吗？"

"好，给它吧。"他的妈妈说，"实际上陶科尔不可以在桌子底下要吃的，这点你知道。"

拉斯莫斯把那块猪肉香肠递给陶科尔说："对，确实不应该……不过这次便宜你吧。"

随后吃饭后甜食，轮到拉斯莫斯的时候，他取了一大份。他满意地看着自己的盘子，那一大块粉色大黄菜根酱漂浮在白色牛奶之中。他用勺子在上边开了一条沟，玩起了开凿苏伊士运河的游戏。他聚精会神地忙活了一阵子，直到听见普丽根说话才收回自己的畅想。

"你知道尤阿基姆有一件什么东西吗？"

哎呀，开口闭口尤阿基姆！普丽根总是拿这类单调、乏味的谈资烦人。

"他有一个登记表，"普丽根一边说一边露出一丝怪笑，"一个降价商品目录。"

"降价商品目录……这对妈妈是一个好消息。"拉斯莫斯想，"她总是喜欢跑商场买降价商品。"一点儿不错，妈妈立即发生了兴趣。

"是什么降价商品目录？"她问。

"是关于女孩子的，"普丽根说，"他把自己厌烦了的所有女孩子都列入这个降价商品目录。我的意思是，他把她们送给他的照片都贴在上面。"

"这倒是一个不错的习惯,"妈妈说,"还要多久才轮到你落入这个降价商品目录?"

爸爸听了真的发怒了。

"啊,他应该懂得尊重她们!"

"我,我永远也不会进入那个降价商品目录!"普丽根一边说一边充满胜利地梗了梗脖子。

她的妈妈撇了撇嘴。

"你那么自信?"

"对,"普丽根说,她说的时候眼睛放光,"这一点我敢保证。因为尤阿基姆过去从来没有真正喜欢过任何女孩。他说,我跟她们不一样。"

"他说,啊!"拉斯莫斯重复她的话,声音里隐藏着一个怀疑的世界。

"啊,不过你们说得也许对,"普丽根的口气出人意料地激烈,"顺便说一句,如果他把我列入这个目录我就去死,你们大家都明白这一点!"

爸爸抚摸着她的肩膀。

"好啦,好啦,好啦,我们现在都冷静点儿。"

"先冷静冷静吧。"妈妈一边说一边把大黄菜根酱轮了一圈让大家吃,"你今天过得怎么样,帕特里克?有什么特别的吗?"

"埃努克松夫人的金丝雀又飞走了……如果你觉得特别的话。"爸爸说。

这时候妈妈笑了。

"金丝雀和酗酒者,这就是你们的工作?"

爸爸使劲点头。

"对对。这恰恰是我今天跟那位上士警官说的。'金丝雀和酗酒者',这是典型的Scotland Yarden(伦敦警察厅侦缉处)。"

大家都觉得很有意思,爸爸受到成功的鼓励继续说:

"当我出去巡逻的时候,对上士警官说:'喂,上士警官你听着,在我外出期间,如果来了一只金丝雀,就请它坐下,等我一会儿。'"

大家又都笑了,但是拉斯莫斯突然想起了什么。

"但是想想看,爸爸,如果真冒出个坏蛋,你们大概都会吓昏过去,因为你们很不习惯这种情况,是吧?"

但是爸爸挺起胸脯,露出无所畏惧的样子。

"如果真的冒出一个坏蛋,我会立即把他拿下。"

拉斯莫斯用崇拜的目光看着他。

"真不错,"他说,"等斯迪格再吹嘘他爸爸曾经是拳击手时,我可有话对付他了。谢谢,好妈妈,谢谢,好爸爸,饭真好吃。"

晚饭以后拉斯莫斯坐在自己的房间里,全力以赴地做作业。其实没有必要,但是有一个铁石心肠的妈妈不能不做呀。把德语和生物掌握得相当不错以后,他又来到厨房。妈妈和普丽根刚洗完碗,爸爸正在看报纸。

拉斯莫斯认为,最好把自己刚学的一点儿知识显摆显摆。

"你们能猜到,奶牛有多少个胃吗?……四个:第一瘤胃、第二反刍胃、第三蜂窝胃和第四皱胃,你们知道吗?"

"知道,我们当然知道。"普丽根说。

"但是你们肯定不知道具体叫什么名字。"拉斯莫斯说。

继续讲下去之前,他想了一下。

"你们相信,奶牛自己知道它们的胃叫什么名字吗?"

爸爸把目光从报纸上抬起来笑了笑。

"我不信。"

"哎呀,哎呀,哎呀,"拉斯莫斯说,"如果它们都不知道自己每个胃叫什么名字,我们为什么要记住呢?"

想到这一点真让人生气。就是因为要学会奶牛们自己一点儿都不在乎的知识,他就不能及时去儿童游乐场。

"想想看吧,"他说,"如果一头奶牛胃疼,它自己连是哪一个胃都不知道啊。"

普丽根笑了,她觉得挺有意思。她笑的时候,脸上显出两

个酒窝。

"啊,"她说,"你一定会看到,明天早晨一头奶牛醒来时会对其他奶牛说,'哎呀,哎呀,我的第二号反刍胃疼。"

拉斯莫斯笑了。

"哈哈,也可能是第三号蜂窝胃疼!"

就在这个时候有人敲门。

"啊,肯定是尤阿基姆!"普丽根一边说一边扯掉围裙。

但不是尤阿基姆,是蓬杜斯走了进来,还是像平时那样,沉稳、乐观,脸颊红红的。

"我没办法早来,"他说,"妈妈要求我一定要先做完作业。"

拉斯莫斯朝站在餐桌旁边摆放咖啡杯的妈妈意味深长地看了一眼。

"某些人也有这样的要求!"

他的妈妈伸出一只手抓住他。

"一点儿不错,"她一边说一边抓了一下他早已很乱的棕色头发,"不过现在你可以走了!"

他紧紧地拥抱妈妈,在蓬杜斯面前没有任何不好意思。因为他无限热爱自己铁石心肠的妈妈,除此以外,他还完成了德语和生物课作业。相当完美,现在去儿童游乐场相当完美。

"母亲,亲爱的母亲,谁有你这么好!"他说。

他的爸爸激动地点点头。

"啊,跟我说得一样。我们现在喝咖啡!"

蓬杜斯把手伸进裤兜里。

"我已经卖了废钢铁。"他说。

"太好了,"拉斯莫斯说,"你卖了多少钱?"

"3克朗。我们可以自力更生了。我们还有一大堆废钢铁没卖呢。"

拉斯莫斯早已经朝门走去。

"乒乒乓乓,我们开拔!"

但是这时候狗狗陶科尔有话要说。它扑到拉斯莫斯身上,疯狂地叫了起来……他们有意不带着它一起去吗?

拉斯莫斯弯下腰,抚摩着它,说:

"不行啊,陶科尔,你不可以坐旋转木马。"

拉斯莫斯和蓬杜斯叮叮当当三步并成两步跑下楼梯,转眼间就到了门外。

"他们走了。"妈妈说。

"不过听声音人们会真的相信,这是一群年轻的大象。"普丽根说。

第三章

　　碾虱子人集市里的儿童游乐场就像一部童话。大门上闪闪发亮的排灯和门后边五光十色的乐园把人们眼里的童话变成了现实，整个游乐场光芒四射，碾虱子人集市里的古老紫丁香树上挂的红黄两色小彩灯把树丛之间照得很明亮，使一切都蒙上了一种魔幻和喜庆的色彩。旋转木马不停地旋转，它是一个有着一排排闪光点的杰作，放射着神秘的红色光芒，每一个博彩摊位都把人不由自主地吸引过去。站在摊位里神秘、漂亮的女士不厌其烦地鼓励人们博彩。玩法五花八门，有飞标、射击，还有往画在墙上的老头儿脸上扔球。到处是熙熙攘攘的人群。大家拥挤着、说笑着，老远就能听到人们博彩碰运气的叫声。不论走到哪里，都能听到旋转木马的音乐声，那么富有感染力和令人愉悦。啊，五月的夜晚充满音乐、灯光、欢笑和花香，以一种奇妙的方式让人陶醉、疯狂。

　　远处，在儿童游乐场的光环之外，碾虱子人集市的低矮小

房子在春季的薄暮中显得那么寂寞、孤单。只有那些不知道儿童游乐场为什么那么火暴的老年人坐在昏暗的前廊台阶上,听着音乐,喝着咖啡,闻着紫丁香花的芳香。他们知足了,尽管他们不能坐旋转木马,看不到举世闻名的吞剑者阿尔弗雷德。

但是11岁的拉斯莫斯和蓬杜斯对生活有更多的要求,他们在娱乐场内转来转去,高兴得像小松鼠,他们决心花3克朗尽情地去娱乐。不过他们已经把大部分钱用光了。当他们骑过旋转木马、作了一两次博彩以后,3克朗已经所剩无几,但是

今天晚上的重头戏——世界著名吞剑者阿尔弗雷德的吞剑节目还没有看。

"请不要挤！请不要挤！大家都有位子。下一场表演过几分钟就开始。"

吞剑者帐篷外面站着一个穿着红色绸缎连衣裙的女士，丰乳肥臀，扯开嗓子高声喊着。

"请不要挤！"她喊叫着，其实那条路上没有一个人在挤。不过就在这个时候阿尔弗雷德本人走了出来，他在小平台上一亮相，立即有很多人围拢过来。他们伸长脖子争睹这位在欧洲所有国家的首都都表演过的吞剑者，不管是真是假，这是站在

他旁边的那位胖女士说的。

　　吞剑者是一位身体强健的汉子。他挺胸腆肚地站着，好像他整个一生除了饱含铁质的剑不吃任何其他的东西。他长着黑胡须，一头浓密的卷曲黑发，这使他有了一种异国冒险者的形

象①。他趾高气扬地朝周围看了看,脸庞呈醉酒似的红色,好像在说,像我这样踏遍欧洲各国首都的人,此时站在小小的西水湾表演太屈才了。

"想想看,如果他把宝剑吞到喉咙里去了可怎么办?"拉斯莫斯说,"看他怎么吞,一定会很有意思!"

这时候蓬杜斯有了灾难性发现,剩下的钱全算上仅有50厄尔了,正好是看阿尔弗雷德吞剑表演所需费用的一半。

蓬杜斯把50厄尔放在手掌上,紧皱眉头,愣愣地看着。

"我真不明白,我们刚才还有1克朗。"

"我们刚才还有3克朗,"拉斯莫斯讥讽地说,"但是在这个地方,一眨眼就会变成穷光蛋。"

"现在还怎么看阿尔弗雷德呀?"蓬杜斯不安地说。

拉斯莫斯在想主意,他从侧面看了蓬杜斯一眼,然后狡猾地说:"如果我一个人先进去看他表演,看完了我再把他表演的经过告诉你怎么样?"

蓬杜斯认为这不是一个好的建议。

"难道我们不能进去跟他说一声吗?他可能很善良,会让我们花50厄尔就进去看。"

---

① 指意大利等国的南欧人,他们一般长着黑头发。

"我们可以尝试一下!"拉斯莫斯说。

他们慢慢蹭到阿尔弗雷德站的平台前。

"啊,阿尔弗雷德先生……"拉斯莫斯开口说。

但是那位胖女士一直在喊叫,阿尔弗雷德似乎没有听见。这时候蓬杜斯鼓起勇气,用充满温情的食指捅了一下那个壮汉。他歪着头,强装笑脸,玩笑似的说:"我说叔叔,如果我们保证就用一只眼睛看,能不能花半价进去?"

这句话是他在一本书里看到的,他认为这时候使用恰如其分。在他11岁的生命中,他一直认为,跟年龄大的人打交道,使用这类小聪明有时候很管用。但是很明显,阿尔弗雷德没有幽默感。他不屑一顾地看了蓬杜斯一眼,没有回答。

"他大概不懂瑞典语。"拉斯莫斯低声说。

这时候吞剑人吼了一声,说:"叔叔瑞典语顶呱呱,还明白你们是一对坏小子。"

蓬杜斯不好意思了,他大体上接受人们对他的评价。如果有人说,他是一个坏小子,他相信自己就是一个坏小子,并为此感到害羞。但是拉斯莫斯有一种无限的自信,他认为自己绝对不是什么坏小子,尽管他在一天里就两次被别人指责为坏小子,第一次是自己喜欢的数学老师,现在是这位吞剑人。吞剑人讲的瑞典语确实带有外国口音,但大意完全听得懂,只是拉斯莫斯不想接受现实。

"Das var lygens."①他勇敢地说,"我们当然不是什么坏小子。"

"当然是,"吞剑人一边说一边使劲点头,"想花半价就混进去的两个坏小子。"

"没钱不等于是坏蛋,"拉斯莫斯说,"我们只有50厄尔。"

阿尔弗雷德又点了点头说:

"两个没钱的坏小子,对,对!"他说这句话时,声音里似乎带着一点儿同情,可能是因为他们太穷了,拉斯莫斯自认为他有些心软了。

"吞剑很困难吧?"他用讨好的语气问,"你是怎么学会的?"

阿尔弗雷德平静地看着他,他的黑胡须颤了一下,随后哈哈大笑起来:

"啊,万事开头难,小的时候吞针。你相信我真的会那样做吗?"

他对自己的玩笑话很得意。随后他长时间地又笑又叫,拉斯莫斯和蓬杜斯附和着。为了能给阿尔弗雷德留下好印象,怎么笑他们都愿意。他们在学校养成了习惯,有时候老师要求,对于百年不遇的新鲜事才能笑。

---

① 意为"这是谎言"。

但是阿尔弗雷德突然停止了大笑,就像他开始笑时那么突然,拉斯莫斯不安起来。

"啊,叔叔是世界驰名,"他说,"叔叔真的如此吗?"

阿尔弗雷德又平静地看了看他,好像在思考什么事,随后又大笑起来。

"对,叔叔享誉整个瑞典,这一点你不用怀疑。"他说。但是随后就显得很不耐烦。

"从这里滚开,坏小子们!"他说,"你们真的相信我有时间整天跟小屁孩子闲扯?滚开!"

拉斯莫斯和蓬杜斯失魂落魄地走开了。

"他是一个十足的大坏蛋!"

看着远处正在走进自己帐篷的阿尔弗雷德,拉斯莫斯气愤地说。

"再过几分钟演出就开始了!"那个穿着红色绸缎连衣裙的胖女人喊完最后一遍,随手放下了帐篷的门帘。

就这样拉斯莫斯和蓬杜斯被关在外面,心里感到非常沮丧。

随后,拉斯莫斯不停地四处环顾,突然说:

"我刚才看见普丽根和尤阿基姆了。走,找他们去,这是最后的出路了!"

"你真的相信,我们能够从他们那里借到钱?"蓬杜斯问。

拉斯莫斯朝射击场奔去,他刚才在那里看见了自己的姐姐。

"当然,如果普丽根有的话,我一定能借到。但是她也可能身无分文。"

普丽根已经不在射击场附近。他们继续寻找,啊,再过几分钟那场就要开始了,时间紧迫……紧迫!他们满头大汗地在人群中穿梭,每次看到漂亮的马尾辫,他们都要拉一下。但总是其他人的马尾辫,而不是普丽根的。最后他们真的找到她了。她、尤阿基姆和乐队的其他成员都站在出口处,正准备到冯·荣根家练习演奏。

拉斯莫斯朝自己的姐姐冲过去。

"普丽根,你能借我50厄尔吗?"他气喘吁吁地说,并且急得直跺脚。

普丽根把手伸到口袋里,拉斯莫斯松了一口气,啊,她要是再快一点儿就好了!这时候普丽根又把手抽了回来。她从口袋里把刚才中奖的那个东西放在他伸出的手上。是一只小老鼠,一个带发条的小老鼠玩具。

"不好意思,"普丽根说,"我把每个厄尔都花光了。这个是我得的奖,给你吧。"

"拿着吧,玩起来特开心!"尤阿基姆说。

随后他们走了,拉斯莫斯站在那里,手里拿着小老鼠,一

会儿看着远去的普丽根,一会儿看着老鼠。

蓬杜斯笑了:

"这回我们看不到吞剑了。我们只好玩小老鼠了。"

但是拉斯莫斯生气地说:

"我不甘心!我一定能闯进去,一定要看一看阿尔弗雷德表演。走!"

蓬杜斯跟着他。他很了解拉斯莫斯,知道他的固执,全校出名。

"你知道吗,拉斯莫斯,如果你脾气不那么暴、不那么固执,我真想推选你为优秀学生,"弗利贝里老师经常这么说,"你为什么不能像蓬杜斯兄弟那么安静呢?"

蓬杜斯不明白,为什么弗利贝里老师偏要称他"蓬杜斯兄弟"。他既不是老师的兄弟,也不是拉斯莫斯的兄弟。但是弗利贝里老师上课时,他总是被称作"蓬杜斯兄弟",他也欣然接受。

拉斯莫斯半走半跑地奔向阿尔弗雷德的帐篷。他巧妙地闪过路人,蓬杜斯兄弟撒开腿紧追。

阿尔弗雷德帐篷外面空无一人,但是从里边传出阵阵掌声。表演正进行得热火朝天。这使拉斯莫斯变得异常疯狂,他一定要进去一睹为快。他在帐篷周围奔跑着,寻找进去的可能性。帐篷背对着房车停放的地方,那里连一个人影也没有。所

有人都在以这样或那样的方式在儿童游乐场活动着。

"这里!"拉斯莫斯说。他趴在帐篷后边一块被踩倒的草地上,开始镇定地往帐篷的篷布底下钻。蓬杜斯笑了……一方面是因为心情紧张,另一方面他看到拉斯莫斯连滚带爬,让身体尽可能低地穿过紧贴地面的篷布,样子十分滑稽。很明显,

五月夜晚所有的蚊子好像都聚集在阿尔弗雷德的帐篷后面开会。蓬杜斯站在一大群蚊子当中,一边笑一边尽力把那些嗜血成性的家伙从拉斯莫斯无助的大腿上赶走。当拉斯莫斯脏兮兮的运动鞋消失在篷布底下时,这回轮到蓬杜斯挨蚊子咬了,他趴在那里往里爬,但没有人为他赶蚊子,蚊子们毫不犹豫地大口大口地吃他,但是不管拉斯莫斯到哪里,他都心甘情愿地跟着他,他一向如此。而此时就是跟着他往阿尔弗雷德的帐篷里钻。

他们静静地躺在帐篷脚边,就像两只机警的小动物,一遇

危险随时准备逃跑。他们害怕……但不太厉害。他们有些紧张地趴在地上，闻着青草、泥土和未油漆的靠背椅白茬松木上的气味儿，觉得很开心，想蹭票就该闻这些味道。

当他们最终敢抬起眼睛的时候，他们唯一看到的东西是各种脚。看椅子底下不同的人摆放脚的姿势确实很有意思，不过他们爬进来可不是为了趴着看一大片黑色和棕色的鞋。他们要看的是阿尔弗雷德。

"为了更好地观赏，我们必须调整一下位置。"拉斯莫斯小声说。

他们沿着帐篷脚边爬，直到找到一块椅子间的空当。这时候他们看到了阿尔弗雷德。他还是站在一个小小的平台上，那个胖女士忠诚地站在他旁边。恰好在这个时候她递给他一把宝剑。阿尔弗雷德向公众鞠躬致敬，随后把自己肥厚的脖颈使劲往后仰，用伸出的一只手把宝剑举到嘴的上方，然后张大嘴，把宝剑朝下压进自己的喉咙。看起来惊险可怕。拉斯莫斯和蓬

杜斯像中了魔似的看着他,他真的能把整个宝剑都塞进去吗?看起来像。宝剑慢慢地进入了阿尔弗雷德的嘴里,直到看不见剑柄。这时候他迅速把宝剑拔出来,递给那位胖女士,再一次向公众鞠躬致敬,他卷曲的黑发耷拉到前额上。观众满意地鼓掌,连拉斯莫斯和蓬杜斯也通过敲击他们身下的木制地板格表示轻轻鼓掌。蓬杜斯平静地笑着。这时候拉斯莫斯得意忘形起来,这里太开心了:混进帐篷、看吞剑表演、逗蓬杜斯笑。在学校课堂太无聊的时候,他也经常这样做怪样逗蓬杜斯笑。他用不着费多少力气就能使蓬杜斯捧腹大笑,使上课的老师无奈

地摇头。

当蓬杜斯趴在阿尔弗雷德的帐篷里笑的时候,拉斯莫斯来了精神,他开始表演。阿尔弗雷德在平台上开始再次吞宝剑的时候,拉斯莫斯就装作自己也是吞剑者。他张大嘴巴,假装把宝剑塞进喉咙里,并发出一阵咯咯声,让蓬杜斯忍不住笑了起来。拉斯莫斯的胆子更大了。他突然想起了放在自己口袋里的那只小老鼠。如果说刚才蓬杜斯笑的还比较轻的话,此时他要叫他笑破肚皮了!

他拿出小老鼠。当他上发条的时候,能听到吱吱的响声,而这点吱吱的响声就足以让蓬杜斯发疯。但是拉斯莫斯并不满足,他继续逗蓬杜斯笑。他把老鼠放在地板上,装作要把它放走。蓬杜斯叹了口气。拉斯莫斯的本意确实不想放开老鼠。但是突然——他自己也不知道是怎么回事——老鼠从他手里跑了。带着一阵可怕的响声,小老鼠沿着地板直奔阿尔弗雷德站的平台,当它撞到平台以后,开始在那里旋转,好像它已经发疯了。小老鼠刚脱手的时候,蓬杜斯无奈地叫了一声,但是此时他沉默了,不安地咽着唾沫。因为阿尔弗雷德发出一声吼叫,震得整个帐篷直晃。

"坏小子,"他高喊着,"烦死人的坏小子!"

坏小子们没等听完下面的话,撒腿就朝门口跑,就像身后有一大帮可怕的魔鬼在追赶。

"啊，这不是我的错！"当他们已经处在安全境地以后，拉斯莫斯说，"我保证是小老鼠自己成心捣乱。"

蓬杜斯回敬一声新的怪笑。

"笑死我了，"他说，"笑死我了！"

他仍然笑得直喘粗气。但是，笑过之后，他用赞许的目光看着拉斯莫斯。

"我们现在做什么？"

"我们总得找点事情做吧。"拉斯莫斯说。

实际上他们早该回家了。马上就到睡觉的时候了，天开始变凉，钱已经花光了。不过他们不敢再作不光彩的冒险，尽管那里还有好看的东西，还有他们没看过的项目和不花钱就可以一饱眼福的东西。这是他们参观儿童游乐场的唯一机会，要尽量在里边多待一会儿。如果他们从旋转门出去了，就再进不来了。他们确实没有不看完那里所有的东西就回家睡觉的想法，这确实不是什么好主意。

"我们可以到房车区那边转一圈儿，"拉斯莫斯建议，"看一看游乐场里的人住的情况可能很有意思。"

蓬杜斯赞成。"不过我饿了，"他说，"我已经饿很长时间了。"

"那你就买一根热香肠吃吧。"拉斯莫斯刻薄地说。

蓬杜斯点头说："好，或者把月亮摘下来咬着吃，对吧？"

两个人叹息一声。此时他们多么需要一根热乎乎的香肠啊，一根加上好多芥末、香喷喷的热香肠。

他们站在离旋转木马很近的地方，旋转木马带起来的风吹着他们的耳朵，但是他们没感觉。他们贪婪地看着推着推车经过他们身边的那个卖香肠的老头儿。

突然蓬杜斯弯下腰，从地上捡起一个东西。

"很清楚，像你刚才说的，这回我可以买一根热香肠了！"他带着一丝狡黠的微笑说，并举起锃亮的1克朗硬币，拉斯莫斯瞪大眼睛，两个人站了很长时间，欣喜地看着那枚1克朗硬币。生活是多么奇怪……刚才为了向普丽根借50厄尔，他们像疯了似的围着整个儿童游乐场跑，此时不费吹灰之力，弯下腰就从地上捡起来1克朗！有很多富有的农民来赶集，他们到处走到处逛，经常丢钱，丢了也不去找。这1克朗的真正主人早已经消失在人群里，他们要找到他已经不可能了。

蓬杜斯满心欢喜地说："你说的是热香肠吧？如果你想要三明治或者其他的东西，只管说。我能捡到更多的钱。"

但是拉斯莫斯对于能吃到热香肠已经心满意足了。他们赶紧去追卖香肠的老头儿。老头儿把车停在离大门很近的地方，他的周围聚集了一大群顾客。拉斯莫斯和蓬杜斯只好排队等候。他们站在那里，互相轻轻地推搡着玩，不然站在那里太无聊了，因为在这些骨瘦如柴的男孩子躯体里有一种东西，本能

地要求他们不停地打打闹闹,或者踢石头,无论如何不能静下来。但同时他们灵动的眼睛饶有兴趣地关注着周围发生的事情。

"看那位,"拉斯莫斯突然说,"是哪一路不三不四的家伙?"

那个被称作不三不四的人刚刚从大门口的旋转门走进来。

"你为什么说他不三不四?"蓬杜斯问,"他看起来不像吧?"

"不管怎么说,他不是本地人,"拉斯莫斯说,"似乎这一点正好反映出一个人身上相当不三不四的特质。"

对,他不像西水湾的人,这一点从很远就可以看出来。他歪戴着帽子,样子是那么令人厌恶和不可一世,好像他拥有整个儿童游乐场。此时他横冲直撞地走到卖热香肠老人的摊位前,急匆匆地从裤兜里掏出一枚硬币,扔到老人面前说:"两根!不带芥末!"

好不容易轮到这两个男孩子买了,他却挤到前边去买,他们用敌视的目光看着他……怎么会这样,他原来是一个喜欢加塞儿的人,看来说他不三不四完全正确!这个不三不四的人有一张又大又丑的嘴,嘴唇周围挂着一丝令人恶心的微笑,他的眼睛在某种程度也显得丑陋、残酷和满不在乎。

"遭人恨!"拉斯莫斯自言自语地说。

陌生人狼吞虎咽地吃着香肠,用每个字之间都带有吧嗒嘴

的声音向卖香肠的老头儿提了一个问题:"这里应该有一个叫阿尔弗雷德的吞剑人,他的帐篷在哪里?"

此时手里刚刚拿到两根宝贵香肠的蓬杜斯听了以后吓了一跳。当有人提到阿尔弗雷德名字时,好像这个吞剑人就在身边威胁着他。

卖香肠的老头儿用手指了指远处阿尔弗雷德的帐篷,陌生人走了,连一句谢谢也没说。拉斯莫斯和蓬杜斯在同一时刻也把他忘掉了,因为此时他们还有更重要的事情要想——香肠!带有芥末的香喷喷的棕色香肠,味道美极了!手里拿着香肠,一边溜达一边看活跃的人群,真是一大享受。他们边走边吃,在射击场旁边停一会儿,看射击对抗赛,停下脚步看一位身强力壮的长工抡着大锤进行力量测试,听姑娘们在秋千上尖叫……他们突然想起来,本来是要去那边看房车。

"住在这里多开心呀!"拉斯莫斯眼馋地说。那房车显得那么温馨,分散在一片片紫丁香丛中,从小窗子里透出柔和的灯光,他们不由自主地产生了向里看的兴趣,想知道里边是什么样子。老住在同一个地方的房子里是非常错误的,拉斯莫斯见景生情,突然想到了这一点。啊,人们应该有一栋可以在世界到处流动的房子,今天在这里,明天到那里,就应该这样!

"对,还可以不时地回西水湾老家看一看。"蓬杜斯说。

"顺便打听一下学校里的情况。"拉斯莫斯补充说。

他们在房车之间来来去去走了一会儿,有时候还往亮着灯的小窗子里看上一眼,议论一下,如果他们有幸成为"游乐场人"的话,他们最愿意住在哪辆房车里。

"可能是那辆。"蓬杜斯一边说一边指着一辆涂成绿色的房车说,这辆车停的地方离其他车远一点,刚才他们没有注意到。

他们从后边走近这辆房车。房车的一个小窗子上挂着红格子窗帘,窗帘后边发散着亲切的灯光,毫无疑问,这是他们最愿意住的一个房车。不过在他们决定下来之前,还想从前面看里边是什么样子,他们大胆地转过车角。

这时候他们听到一个声音说:"恩斯特老兄,真不错,你又从局子里出来了!"

阿尔弗雷德的声音!但是想停住脚步已为时过晚。坐在房车台阶上的那两个人已经发现了他们,一声吼叫直冲明亮的夜空:"气死人的坏小子,你们还敢来偷窥我?"他带着浓重的外国口音说。

阿尔弗雷德像一头愤怒的公牛向他们冲过来,他们赶紧逃命。但是扑通一声让他们不得不回过头来,这时候蓬杜斯发出了一阵无奈和被惊吓后的叫声。阿尔弗雷德绊倒在一个洗衣盆上,就像是某一位细心的人有意设的路障,此时他四脚着地,用带着血丝的眼睛瞪着他们。

不仅蓬杜斯笑了,那个恩斯特也高声笑起来。

"你在作周末沐浴吗?"他问。

就在同一瞬间有人从房车里喊话:"快进来吃饭吧,阿尔弗雷德!"

"对,不管怎么说也得吃饭,"他们一边跑,拉斯莫斯一边说,"进去再吞几个宝剑,随后这位叔叔的情绪会变得好一些。"

"你看清了吗,台阶上是谁坐在他旁边?"当他们到了安全的地方以后蓬杜斯说,"那个不三不四的人!"

拉斯莫斯愤怒地点了点头,说:"一丘之貉,一对招人恨的家伙!"

"下次再遇上阿尔弗雷德,他一定会打死我们。"蓬杜斯肯定地说。

"我们最好尽量躲着他。"

拉斯莫斯有同感。

蓬杜斯打的一个大哈欠促使拉斯莫斯赶紧看表。

"哎呀,您知道吗,老先生?"他说,"已经10点半了。可是刚刚才9点。"

他得到的命令是,10点钟必须到家,这回要惹妈妈不高兴了。他曾经多次试图向妈妈解释,他的表有时候每一小时会向前蹦一下或者别的原因,但是妈妈说这是瞎编、找借口。

"乒乒乓乓,我现在必须开溜!"拉斯莫斯一边说一边冲

向出口。蓬杜斯兄弟在后边快步追赶。

拉斯莫斯躺在床上,狗狗陶科尔趴在他身边。刚回到家浑身发冷时,有一只热乎乎的小狗在身边舒服极了。妈妈认为,把狗放床上太不卫生,但是拉斯莫斯说这是偏见,陶科尔也这样认为。狗狗把鼻子伸到拉斯莫斯的肘窝里,满意地打着呼噜。

"哎呀呀,陶科尔,"拉斯莫斯小声说,"你是世界上最好的狗。"

妈妈对他回家晚了相当生气,他已经心平气和地接受了他应该得到的斥责,一切又恢复了平静,现在他要睡觉了。

"今天星期几啦,陶科尔?"

陶科尔满意地哼了一声作为回答,把鼻子更深地伸到他的肘窝里。

"啊呀,是星期三。"拉斯莫斯说。

多么好的星期三!想想看,一天内发生了那么多有趣的事情。当然是因为这一天是春季集市。明天是星期四,不再有春季集市,乓乓乓乓,多么让人沮丧!

"瘤胃,反刍胃,蜂窝胃和皱胃。"他在陶科尔的耳朵旁边不耐烦地复习着。

随后他就睡着了。

第四章

在拉斯莫斯得到狗狗陶科尔之前,有半年的时间他不停地吵嚷,还夸下海口——他的狗不需要麻烦家里的任何人,完完全全由他照料。

爸爸似乎有些怀疑:

"你每天早晨去遛它?别以为你可以随便把它放在院子里,任凭它狂叫,糟蹋花圃,吵醒邻居,跑出去跟别的狗打架。"

"我一定每天早晨都带它出去,只会有意思,不会嫌麻烦。"他保证道。

"你敢保证?"妈妈说,"冬天星期日早晨7点钟,外边零下20度?"

"刮着30米/秒的风,"普丽根添油加醋地说,"这时候拉斯莫斯能出去遛狗?"

"啊,他会的!"拉斯莫斯说。

就这样他得到了陶科尔。此时他舒舒服服地躺在床上,而

陶科尔眼巴巴地站在门口,似乎在说:"喂,我们该出去遛弯了吧?"这时候拉斯莫斯内心多么希望世界上所有狗的习性能够作一个适度地调整,它们只有在天气好、每天12点以后再去遛弯。但是此时陶科尔的习性毫无变化,它要早晨7点钟出去,就算外边风雨交加。妈妈的脾气也没有变,她认为拉斯莫斯说话要算数。有的时候,爸爸上早班,或者上完夜班早晨回家了,可能把陶科尔带出去遛弯,但是一般情况下,这件事得由拉斯莫斯自己完成。这意味着,他的床边必须要有一个闹钟,以便每天早晨7点钟叫醒他。

星期四那天早晨闹钟响的时候,拉斯莫斯还很困,但是他不管怎么样还是从床上爬起来,双眼半睁半闭着走进浴室。为了提精神,他把头放在水龙头下边用凉水冲了一会儿。随后他在牙刷上挤了一些像长蛇一样弯弯曲曲的牙膏,把它放在水龙头底下,直到水把牙膏全部冲走后他才把牙刷放到嘴里,在牙上瞎蹭了几下,随后他便认为完成了早上的洗漱。他离开浴室,湿毛巾摊在浴缸边上,没有盖上盖儿的牙膏筒在镜子架上留下一道白色轨迹,浴室里所有的东西都是湿的——只有肥皂例外。他的妈妈不用问就知道,是谁最后用过浴室。

"你知道吗?人类都喜欢睡懒觉。"当他来到通向厨房的楼梯时对狗狗陶科尔说。

陶科尔不知道,这一点毋庸置疑。它充满激情地跳过双色

紫罗兰花圃，后爪旁边溅起一片花粉。

拉斯莫斯手里拿着狗链。

"陶科尔，你不可以这样！过来，我们到街上去，看看会不会碰上特珊。"

特珊是一只好战的狗，所以要给陶科尔拴上链子。特珊是陶科尔很感兴趣的一只平毛达克斯母猎狗，它也经常在这个时间在这条街上散步。陶科尔特别喜欢早晨散步时跟它见面。拉斯莫斯却不喜欢。因为遛狗的是一位很厉害的浅头发姑娘，叫玛丽安。不仅仅因为她是女孩——这本身是一个令人不爽的因素——她还是一个话痨。拉斯莫斯不愿意讲话，绝对。当陶科尔和特珊不期而遇时，玛丽安就打开自己的话匣子，拉斯莫斯就要遭受她喋喋不休的折磨。他不愿意回答，或作只言片语的应付，而他的眼睛执著地往远处看，死活不看玛丽安·达尔曼。

"事情就是这样，你知道吧，我讨厌小姑娘。"他向陶科尔解释，"这样不错。"

他考虑了一下，为什么这样不错，当他想出了正确的解释以后高兴起来。

"是这样，如果我不讨厌她们，就得喜欢她们，这我不愿意……所以我讨厌她们。"

但是今天他很走运，玛丽安没露面，整条街他可以独享。当他们经过达尔曼家院子门口时，看的出来，陶科尔的眼睛确

实有点儿不高兴,但是拉斯莫斯撒腿跑了起来,想让它忘掉自己的失望,陶科尔也跟着跑了起来。

拉斯莫斯突然觉得,这是一个非常美好的早晨。他不是很容易被自然美景打动的人,但是他承认,他们的小街此时此刻相当"漂亮"。他出生以来一直住在这条街上。他知道这条街四季不同的景色:秋天,他上学的时候脚下是哗哗响的落叶,人行道上布满掉下来的栗子;冬天,门柱戴着大而柔软的雪帽子,小孩子在花园里堆雪人玩,但从来不像此时的五月这么"漂亮"。不是因为他观察得仔细,而是此时的苹果花、鸟鸣和长着黄水仙花的绿色草地真真切切地让他感悟到了"漂亮"。他承认,平平静静地住在同一个地方还是不错的,起码住在他们家古老的绿色别墅所在的这个地方很不错,这里五月阳光下的早晨多么漂亮!

他高兴地吹着口哨继续沿着街道往前走,走到头拐进一条横街,沿着一个山楂树丛篱笆一直走到一个白色的大门前。他在门前停下脚步,朝一座很大的白色别墅里看,那座别墅掩映在几根高大的榆树和一片盛开的苹果树花海中。

他弯下腰抚摩陶科尔。

"这里,陶科尔知道吧,这里住着世界第八大奇迹——尤阿基姆。"

陶科尔对此不感兴趣。如果他的主人停在达尔曼家的大门

前面说"这里住着世界第八大奇迹,这里住着特珊"的话,它可能会说这还靠点儿谱……陶科尔拽着链子,想继续往前走。

"不行,陶科尔。"拉斯莫斯继续说,"我们现在必须回家,不然我上学要迟到了。"

他们一路跑回家,当他们风风火火进入厨房的时候,都累得气喘吁吁。

普丽根坐在餐桌旁边,面前放着一个茶杯。

"你好。"拉斯莫斯说。

他只得到一句含糊不清的回敬。他立即给自己准备早餐。他搅了一下巧克力饮料,烤上面包,一边吹口哨一边和陶科尔讲话。过了很长一段时间他才感觉到,普丽根和平时有点儿不一样。爸爸总是说,普丽根的嘴上永远挂着一首歌,但是今天却没有。她一只手托着头,低低地对着茶杯,看样子好像哭过。

"你怎么啦,你的反刍胃疼吗?"拉斯莫斯用同情的口气问。

"让我安静一会儿好不好?"普丽根说,随后沉默不语,只是叹气。

"你到底怎么啦,为什么叹气?"拉斯莫斯不安起来。

普丽根朝上看,眼睛里含着泪水说:

"你难道不能闭嘴吗?喝你的巧克力饮料,别说话,拜托啦!"

拉斯莫斯照办了。他默默地坐在餐桌旁边开始吃饭。但是他偷偷地看着伤心的姐姐,越来越担心。他不能忍受家里有谁伤心受委屈,大家都应该高高兴兴,谁也不能有他不了解的麻烦事。诚然他有时候生普丽根的气,同样她也对他很厉害,他们可能发生很激烈的冲突,但是他比表面更喜欢姐姐,他不能忍受自己的姐姐坐在那里,眼睛看着茶杯,好像世界上所有的不幸都降临到她身上了。最后他小心地把手放在她的手上,低声说:"普丽根,你难道真不想说到底怎么了?当我不知道你为什么伤心时,我越来越不安。"

普丽根热泪盈眶,眼睛往上看。他抚摩她的脸颊,他的举动没有再招致任何抗议。

"对不起,拉斯莫斯,"她说,"你没有什么可担心的。事情很简单,我和尤阿基姆的关系结束了。"

"是这样,没别的?"拉斯莫斯大大地松了一口气,"这有什么可哭的,你不是经常一刻钟就换一个男朋友吗?"

普丽根淡然一笑。

"你还小,不懂这种事。你不知道,我有多么爱尤阿基姆。"

随后她的目光突然暗淡下来。

"怎么说呢,一切都过去了,"她说,"我现在恨死他了。他毁了我的生活。"

"真的?"拉斯莫斯惊恐地问。

"对,不仅如此……他还毁坏了我那天整个晚上的心情。"

他沉默了。如果想知道某件事情,最聪明的办法就是别问得太多。

"他是个大白痴!"普丽根气愤地说。

"对,我一直这么认为!"拉斯莫斯赞同地点一点头说。

但是很明显,这句话回答得很不恰当。普丽根对他喊叫起来:

"你这是什么意思……他当然不是!"

不过后来她想了想,目光变得更加暗淡。

"对,他是。"她说,"他是,他是!我再也不想看见他了……顺便说一句,我可以把事情的来龙去脉讲给你听,如果你感兴趣。"

拉斯莫斯表示对这件事感兴趣。普丽根义愤填膺地讲了起来。

"尤阿基姆的爸爸有一大批古老的银器,"她说,"一大批珍贵收藏,在全瑞典都数一数二。其中有一个17世纪的水壶,单独放在一间小房子的展览柜里……啊,该死的尤阿基姆!"

"他把那个水壶怎么了?"拉斯莫斯问。

"笨蛋,他没怎么那个水壶,"普丽根说,"不过有个叫扬的男孩子,也是'叮叮当当'乐队成员,他也爱上了我。"

"那你就把他抓过来好了。"拉斯莫斯建议。

"扬?"普丽根说,"他是比尤阿基姆更大的白痴,别提有多傻了。"

但是扬早就想看那个水壶,普丽根陪着他进了那个小房间,指给他看……啊,多笨呀!

"他把水壶弄碎了?"拉斯莫斯问。

"别再唠叨那个水壶了。"普丽根说,"他亲吻我,你看他干的好事!"

"真恶心,"拉斯莫斯说,"原来他打的是这个主意。"

就在这个时候尤阿基姆走了进来,他完全误解了,认为是普丽根愿意让扬亲吻。

"愿意让亲吻?"拉斯莫斯说,他好像不相信自己的耳朵,他怎么会有这么荒唐的想法呢?

"我当时就说他是一个白痴。"普丽根说,"你知道他怎么对扬说的吗?他是这样说的,'你怎么亲吻普丽根是你的事,但是别在我家里。我把她贱卖啦!'"

普丽根气得轻叫了一声,表情沮丧。

"我说他是个浑蛋,我完全可以这样说!"

"啊,不管怎么说,你把他甩掉了还是挺不错的!"拉斯莫斯同情地说。

这时候普丽根又哭起来。她说:

"你太小，不懂这种事。"

拉斯莫斯不认为自己太小不懂这种事。他往新烤的一片面包上涂黄油，想再吃一块。当他把面包放到嘴边时，突然想起了一件事：

"想想看，他会不会也要把你放进那张降价商品目录里呢？"

普丽根一声叹息：

"对，这正是我担心的。啊，我宁愿死也不会与那群愚蠢的小姑娘为伍！"

"你难道没跟他说，一定要讨回你的照片吗？"拉斯莫斯问。

普丽根用力点了点头，说：

"我当然说了。但是他只是怪笑，说他想留作纪念。"

普丽根哭起来。

每到星期四这天，他们的爸爸10点钟才上班执勤，父母亲要睡一个特别的懒觉。但是此时他们已经醒了。拉斯莫斯听见爸爸在浴室里哼着歌。

"什么也别对爸爸妈妈说。"普丽根急切地说。

拉斯莫斯摇摇头说："不会，那还用说……再说了，我现在必须赶快去上学。"

陶科尔发出一声长叹。它用世界上最痛苦的棕色眼睛责怪自己的主人，怎么又要走了？拉斯莫斯弯下腰抚摩着它说：

"好啦,陶科尔,老师们没有我活不下去!"

他拿起自己的教科书就跑。他在大门口站住,向陶科尔挥手告别。它像往常那样,坐在衣帽间的小窗子上,目送拉斯莫斯。但是窗子可能是没关好,它突然飞了出去,带着一声胜利的欢叫落在草地上,然后直扑拉斯莫斯。它发疯似的叫着,似乎向主人宣告,这是一个多么值得庆幸的玩笑。

"你知道吗,陶科尔?"拉斯莫斯说,"我现在真的相信了,你会开窗子,你真能吗?"

陶科尔叫着,似乎在说别的事。怎么把窗钩子拉开的,这是它的私密。

但是它的主人狠心地把它捉住。把它抱进厨房,对妈妈说:"早晨好,妈妈,我现在要走了。不过请关好衣帽间的窗

子，谢谢。不然陶科尔会跳出去。"

随后他朝学校走去，既没有再想陶科尔，也没有再想瘤胃、反刍胃、蜂窝胃和皱胃，占据他全部思想的是普丽根和她的烦恼，他紧锁眉头的表情吓坏了蓬杜斯，他以为拉斯莫斯生病了。

"没有，是因为普丽根的事。"拉斯莫斯说。

"她出什么事了？"蓬杜斯问。

"爱情的苦恼。"拉斯莫斯笑了笑说。

"她陷入苦恼了？"蓬拉斯显出很同情的样子问。

"对，正是，"拉斯莫斯说，"一种可怕的苦恼！"

随后他把一切都告诉了蓬杜斯。不用说，他肯定会这样做。他知道，蓬杜斯会守口如瓶，他们两个之间没有秘密。除此以外，一个计划开始在拉斯莫斯勇敢的头脑里形成，这是一个需要蓬杜斯帮助才能实施的计划。

第一节是生物课，这使他有时间进行思考，进一步完善计划，以便在课间休息时能向蓬杜斯提供一份完整的计划。

"好啦，奶牛的第四个胃学名叫什么？"生物老师问。

本来应该由蓬杜斯回答，但是他压根儿就没记住过"皱胃"这个词儿。他只记得这个词听起来跟一个湖的名字差不多，他想蒙一个"河湾"之类的名字，但是为了不出笑话他没吭声。老师继续问别人：

"奶牛的第四个胃……拉斯莫斯?"

拉斯莫斯一惊。

"叫目录。"他迷迷糊糊地说。

全班哄堂大笑,海尔格伦老师直摇头:

"看来,昨天两个小时的假放得太多了。"

课间休息时,拉斯莫斯已经胸有成竹,他单独和蓬杜斯待在校园的一个角落里。

"喂,蓬杜斯,"他说,"你想加入救援队吗?"

"什么救援队?"蓬杜斯不明白。

"爱情受害者救援队。"拉斯莫斯说,"顺便说一句,是我新建的……看,那个愚蠢的尤阿基姆来了!"

拉斯莫斯愤怒地看着那个长着黑色鬈发的年轻人,此时他正和另外两个高中生一起从他们身边经过,他就是那个让普丽根伤心痛哭的坏蛋!

"普丽根大概觉得他长得很帅,"蓬杜斯猜测说,"凭着一头鬈发和两只黑色的眼睛,他让她着迷了,觉得他帅气、有品位。"

拉斯莫斯笑了。

"他等着瞧吧,不管他怎么样帅气和有品位,"他说,"他会弹吉他,在体操队里最优秀,希望所有的姑娘都爱他。但是有一件事是铁定的!"

"什么事?"蓬杜斯问。

"他不能把我姐姐列入降价商品目录!"

"对对,"蓬杜斯说,"但是我们有什么办法吗?"

"把整个目录从他那里拿过来。这正是我想要做的。"

"你疯了吧,这怎么能做得到呢?"蓬杜斯睁大了眼睛。

拉斯莫斯显得很坚决,他一贯如此,一旦决定去做某种疯狂的事,他就表现得非常坚决和固执。

"夜里他上床睡觉时,我去偷。你跟我去吗?"

蓬杜斯的眼睛睁得更大了,他高兴得心咚咚直跳。如果拉斯莫斯建议,他们捣毁学校,拘押所有老师,然后逃到美国去,他也会心甘情愿。他认为拉斯莫斯足智多谋,他自愧不如,这一点他很清楚。但是他确信,为了潜入尤阿基姆家,不管费多少周折,他都能跟上。想到这一点他笑了:

"噢,到时候我忍住别笑就行了……你真的相信,我们能潜入他家吗?"

拉斯莫斯点点头,说:

"我们至少可以尝试一下。把你的闹钟上到凌晨1点半。"

整个课间休息时间他们都在谈论这件事,并觉得很有意思。冒险让他们兴奋不已。普丽根的痛苦成了他们历险的基础,现在整个事件已经变成了一场惊险有趣的游戏。因此第二节课开始的时候,爱情受害者救援队已经成立。他们年轻脸上

的激情深深感动了他们的数学老师。当他看到蓬杜斯乐观而满意地坐在椅子上时,一边用食指挠他的头发一边说:"今天蓬杜斯兄弟为什么这么精神,是不是喜欢上数学课了?"

蓬杜斯默默地笑了,但是没有回答。

"拉斯莫斯·佩尔松的状态也不错,"这位老师继续说,"看来有时候坐在外边的走廊里反省一下自己还是有益的。"

两个人听了都很高兴,会意地交换了一下眼色。他们很愿意讨老师欢心,愿意为他做几道简单的题,但是要把他们的思想从那件无比重要的事情上拉回来实在太困难了。

所有的课时都显得很长,学校里度日如年。最后一节课下课的铃声总算响了,二十五个男孩子像一群警犬奔向大门,拉斯莫斯和蓬杜斯跑在所有人前面。在大门口斯迪根想挤过去。他用一只坚硬的胳膊肘把拉斯莫斯横腰拦住。

"你要去赶火车吗?"拉斯莫斯生硬地问。

斯迪格显得很生气地说:

"不,是你自己要赶火车吧?"

"你瞎推什么,臭小子?"

在大街上,他们为了到底谁先推谁这件事动起手来,为了搞清楚这件事,又招来更多新的推推搡搡。他们之间还有一些旧恩怨,此时也要了断,结果就变成如蓬杜斯津津乐道的那样"大打出手"。

如果没有警察干预，本来不会有什么事儿。

"我怎么看见……有人在大街上大打出手。"拉斯莫斯突然听见自己的父亲说，"气势汹汹的样子，我不知道为什么！"

他抓住自己儿子的衣领，想把两位斗士拉开，但是拉斯莫斯不愿意。

"敢对抗警察？"他的父亲高声说，"两位先生最好散开，不然我就把你们抓起来！"

两位先生不情愿地散开，各走各的路。

"你看到了吧，有个警察父亲多没劲！"当他身边就剩下蓬杜斯时，拉斯莫斯说。他流着鼻血，上嘴唇肿得老高，他被

打得很厉害，但还是没来得及让斯迪格搞清楚，是谁先推了谁，都是因为爸爸过来瞎掺和。

"哎呀，斯迪格也被打得够呛，"他说，"留着你的劲儿晚上用吧！"

蓬杜斯站在人行道上，对着眼前的拉斯莫斯，看着他肿起来的嘴唇。

"你变得很像一个人。"他若有所思地说，随后笑了起来。

"现在我知道了，你的样子很像我们楼里的安德松夫人。"

直到他们分手的时候，蓬杜斯还在笑。

"再见，安德松夫人！"他说，"我们夜里见，安德松夫人。"

但是妈妈看见拉斯莫斯肿胀的嘴唇时可没有笑。

"上帝保佑，"她说，"你跟谁在一起玩了？"

"我的样子像是和别人玩过吗？"拉斯莫斯没好气地说，"哎呀，我的样子很像碾虱子人集市上的安德松夫人，这是蓬杜斯说的。"

晚饭的气氛不像平时那么快乐。本来应该是一天当中最快乐的时刻之一，这是拉斯莫斯的看法。他喜欢美食，坐在温馨的厨房里，和爸爸、妈妈、普丽根一边吃饭聊天一边笑，特别有意思，陶科尔像一块小火炭自始至终趴在他脚旁。

但是今天缺少快乐气氛。好像生活中所有的灾难都卡在普丽根的喉咙里,而且,他们正好吃马鲛鱼。拉斯莫斯认为,鱼刺多少都会卡在喉咙上一点儿。他自己的样子就像碾虱子人集市上的安德松夫人!这个老太太的样子一定很有意思……所以爸爸回家看到拉斯莫斯以后就笑了起来。爸爸还像平时那么幽默。有一个性格幽默的爸爸很不错,不过他应该对普丽根有更多的关怀,不应该瞪着眼看她,并且说:"这是怎么啦,是倒霉人全国联盟在开年会,还是有别的什么事?"还是妈妈敏感,她肯定也发现普丽根出什么事了,但是她没有说什么。

肿胀的大猪嘴吃马鲛鱼可不太容易。拉斯莫斯厌烦地动了一下自己盘子里的那块鱼。他的母亲经常说,吃饭吃到最香的时候就应该别再吃了。拉斯莫斯吃了两口,就放下了手中的叉子。

"妈妈,"他一边说一边推开盘子里的鱼,"现在我吃到最香的时候了!"

他的妈妈也很幽默,但很少表现出来。

"把盘子里的鱼都吃干净,"她说,"不吃也不能保证嘴唇不肿。"

"吃苹果派嘴唇也痛吗?"妈妈问。

那影响不大。有多少都能吃下去。

"要是加一点儿香草酱更好吧。"拉斯莫斯认为。

普丽根坐在那里一言不发。拉斯莫斯知道，突然失去爱情的人排斥所有的安慰，给一块香草酱苹果派不起任何作用。他非常同情她，所以主动去洗碗，尽管这周没轮到他。普丽根露出感激的表情。

"你真好！"她一边说一边很快消失在自己的房间里。

拉斯莫斯穿着大围裙，立即动手。他表现得确实很可爱，一副无所畏惧的骑士派头，一方面夜里出去挽救姐姐的尊严，另一方面替她洗碗和玻璃杯。

他的妈妈看见他主动干活儿很吃惊。

"我今天专门做好事。"他解释说，"对，我已经做了一件，知道吧，我还教训了斯迪格。"

"这类好事我看还是不做为好，"他的父亲说，"至少别在大街上。"

"难道在大街上不能做好事？"他一边问一边看着自己擦干净的玻璃杯。

"这要看是什么事，"他的妈妈说，"车多时如果是你帮助老太太过马路之类的事，那你是一个好孩子，但是你跟人家打架就不对了。"

拉斯莫斯拿起下一个玻璃杯。

"哎呀呀，有时候必须要打。不过昨天蓬杜斯、斯维勒和我还是帮助埃努克松夫人过了大马路。"

妈妈用满意的目光看着他。

"你的嘴唇、脸上的雀斑和穿在身上的大围裙，看起来真可爱。不过真需要你们三个人帮助埃努克松夫人过马路吗？"

"对，因为她不愿意，"拉斯莫斯说，"她使劲推开了我们。"

他的父母露出了可怕的表情，他必须赶快解释到底是怎么一回事。一开始埃努克松夫人想过马路，但是她走到半路时来了一辆小汽车，她害怕了，想退回去。在这种情况下一定要阻止她。

"不让她被汽车轧当然是一件好事。"拉斯莫斯自豪地说。

实际上洗碗擦杯子这活儿挺不错，可以一边干一边聊天。爸爸坐在餐桌旁边读报纸，也不时地插上几句。妈妈干活儿像闪电那么快，拉斯莫斯就是不明白，玻璃杯和各种瓷器在她手里碰来碰去就是摔不坏。有一次他自己洗碗，也想学妈妈那个样子，结果还没开始就摔坏了三个玻璃杯。

"昨天在儿童游乐场玩得怎么样？"他的爸爸突然问，"你怎么没讲点儿什么。"

"好玩，"拉斯莫斯说，"那里有一个吞剑的人，特有意思。"

他继续擦碗。他站在那里突然想起来，当那个玩具小老鼠

跑掉和阿尔弗雷德摔倒在洗衣盆上时,蓬杜斯那个高兴劲儿。不过这种事可不能讲给爸爸妈妈听。

"对,那里确实很有意思。"他一边说一边自己小声地笑。

转瞬间他甩掉围裙,高声吹着口哨走进自己的房间。碗擦完了,现在就剩做家庭数学作业了。他意识到,必须把一切都处理好,这样才有机会完成夜里的行动,如果做几道数学题有助于……

随后他朝普丽根的屋里看。她坐在窗子旁边,若有所思地看着室外花儿盛开的苹果树。想到明天她会有多么高兴时,拉斯莫斯神秘地笑了起来。他甚至想现在就把为她设计的绝妙计划告诉她,但是他没有,只满足于平静地拍了拍她的肩膀。

"你用不着伤心,普丽根!你还有一个足智多谋的弟弟!"

"你能做什么!"不知感恩的姐姐说。

这时候他回到自己的房间。他趴在地毯上,狗狗在旁边,他开始阅读《约特福特的最后之战》,这是一本惊险有趣的好书。当他的母亲进来说现在该睡觉了的时候,他正沉浸在一场激烈的印第安人战争之中。他像往常那样争辩了几句,但没有太过分。他知道自己必须要睡一会儿,因为很快就得起床。

他匆匆脱掉衣服,想爬到床上去睡。这时母亲又来干预了。

"睡觉前要把浑身上下都洗一洗!包括两只脚!"

"哎呀，哎呀。"拉斯莫斯说。他就睡到夜里一点半，真是多此一举。他尽量让母亲相信，自己的脚不是很脏。只是看起来脏，因为他把脚放在灯影里。

"如果是这样，那就把影子的颜色退掉吧。"妈妈说，"快去洗！"

他拧了半天，但没有用。他不情愿地朝浴室走去。

"臭脚的最后之战①。"他听见身后母亲的声音。

有的时候她也确实很幽默……哎呀，哎呀！

然后他躺在床上，自己的鼻子紧靠着陶科尔的后脑勺。他感到身上相当清爽，内心相当满意，不过他也相当困了。

"夜里闹钟响的时候，你一定不要害怕，陶科尔。闹钟是叫我的……你睡你的就好了！"

---

① 《约特福特的最后之战》中的"约特福特"与"臭脚"在瑞典语中读起来音相似。

第五章

　　他不知道,夜里闹钟响的时候会有那么大的声音。他慌慌张张关上开关,这种惊天动地的响声会把全家人都惊醒!起码陶科尔已经醒了,它明显认为这么早天就亮了有些不同寻常。

　　"不,陶科尔,"拉斯莫斯小声说,"天还没亮,快去睡觉!"

　　陶科尔歪着头,显得极为惊讶。它在想,主人这么快就从床上爬起来并穿好衣服,肯定是天亮了。不过有些不对劲儿,外边怎么会这么黑呀。主人轻手轻脚的,好像有什么危险,他为什么要这样?陶科尔高叫一声,好像在问。

　　"哎呀,你能不能别叫?"拉斯莫斯小声乞求。

　　陶科尔不叫了。但是它并不想就此善罢甘休,里边一定有什么奥妙,它必须要监视。这时候它的主人走到衣帽间,他是想出去!陶科尔坚定地跟在后边……如果真是天亮了,跟着主人去散步是一只狗的正当权利。为了指出这一点,它高声叫了起来。

　　"大好人陶科尔,"拉斯莫斯不安地对它说,"快进去,

躺到你的篮子里睡觉,你现在不能跟着。"

这时候陶科尔感到很委屈,伤心极了。它静静地站在那里看着自己的主人,目光显得很受伤。但是衣帽间很黑,一只可怜的小狗在衣帽间的地板上就像一个小黑疙瘩,没人能发现它的眼睛要表达什么。

"我很快就回来,陶科尔。"拉斯莫斯小声说。他小心翼翼地开了风门,溜了出去。他在前廊静静地站了几秒钟,听一听楼上的动静。陶科尔没再叫,一切都很安静。他长长地松了口气。

外面是深夜,啊,多么宁静的夜呀!不过一点儿也不黑,只有五月夜晚那种通常的朦胧。他想起了前几天那个夜晚,妈妈曾经对爸爸说过的话:"五六月这么明亮的夜,真不应该去睡觉!"

对,这回她应该满意了,如果此时她看到他。看到了吧,这个家庭至少有一个人在不该睡觉的时候没有睡觉。

蓬杜斯早已站在大门口等他。他显得很严肃,他大概对自己加入爱情受害者救援队感到后悔了,或者只是不理解为什么五月夜里不应该睡觉。

他们互相点了点头,没敢说话。拉斯莫斯默默地用手电筒开路,蓬杜斯看到,拉斯莫斯没有忘记这件最重要的东西。他们缩着脖子,一句话不说,双手插到裤兜里,肩并肩地往前走,去实施今夜的大行动,那样子无异于两个夜里入室的盗贼。

街上静悄悄的，家家户户都黑着灯，一点儿声音也没有，看不到一点儿灯光就证明所有人都睡着了。

"整座城市都在沉睡，"拉斯莫斯小声说，"除了我们！"

在一座沉睡的城市里，只有他们没睡觉，真够可怕的。

"但愿小尤阿基姆也睡得死死的。"蓬杜斯刻薄地说。

苹果树掩映下的这座花园别墅当然也很黑。他们站在大门口看，就像这天早晨拉斯莫斯做的那样。但是此时不一样了，夜里一切都变了！空气中的味道变了，样子也变了，比早晨漂亮多了，拉斯莫斯想。苹果花白得耀眼，尤阿基姆家的花园好像是梦中的花园，就是一个人躺在床上在梦里见到的那种花园……大概是他自己梦到的？或者是尤阿基姆？不过，在所有人中，为什么他自己要劳神费力地在梦中为尤阿基姆梦见一个花园呢？除此以外，那个人，他大概只梦见有越来越多的姑娘被他列入降价商品目录！想到这一点，拉斯莫斯怒火冲天。不管怎么说，普丽根·佩尔松小姐不能被列进去。因为要为她报仇的人今夜已经降临！

他们慢慢地靠近，慢慢地打开大门……两个穿着牛仔裤、运动鞋的复仇者从漆黑的苹果树之间走来。他们小心翼翼地走在石子路上——尽管上面布满一堆一堆落下的苹果花，但是走在上面还是比走在草地上声音更小、更安全。草地上有露水，露水渗到鞋里，他们感到有点儿凉。但最主要的是，紧张使他

们的脊柱微微颤抖。因为这时候他们要潜入睡房，这确实是一件让人精神紧张的事。

这栋房子里住的是全城最富有的人。至少是人们这样说的，没有人像冯·荣根男爵那么富有。他家真是堆金积玉，但是没有夫人……他只有万贯家财和尤阿基姆，他真是一个不折不扣的怪人，拉斯莫斯觉得挺好笑。

据说那位冯·荣根男爵很友善。但是如果有人深更半夜从窗子爬到他的屋里、瞪着眼睛看他，不知道他会不会特别友善！有没有没关的窗子？有，楼上有两个窗子大开着——这下子乐坏了夜里所有的蚊哥和复仇者。除此以外，这几天冯·荣根男爵正让人给他刷房子。工匠在其中一边的山墙上那个开着的窗子底下放了一个梯子。两位复仇者满意地互相看了看。这里一下子变成了闲庭信步之路！

不过地下室也有一扇窗子开着。对着草地上的这个地下室的窗子不仅开着，而且完全不用攀爬，你说怪不怪。

拉斯莫斯无言地指了指地下室之路！这条路最安全，此时不会有男爵待在那里。

他把头伸进开着的窗子，听了听动静，用手电筒照了照。很明显这是一个放木柴的地下室。他能隐约看到地上堆着一大堆木柴。他让蓬杜斯暂时拿着手电筒，自己骑在窗台上，双手扒着窗框，让身体落到木柴堆上。他脚下的木柴堆掉下去几根

木柴，令人不安地响了一下。这时候站在外面的蓬杜斯笑了起来。他自己下去时，脚下的木柴也哗啦响一下时，他也笑了，尽管心里很害怕。其实他们俩都很害怕，静静地站了好长时间不敢动一下。但是整个大房子里很静，一点儿声音都听不到，他们渐渐勇敢起来，顺着地下室的楼梯往上爬。这时候他们来到厨房，闻到了牛排和洋葱的味道。他们的心情顿时平静下来，因为他们来的地方有人气，不是吃人魔鬼住的。

　　他住的地方真够气派的，男爵！大厅放满了沉重的硬木家具，玻璃柜里摆放着银质器具……为了一饱眼福，他们踮着脚尖静静地转了一圈。拉斯莫斯用手电筒特意朝柜子照了照，他从来没看到过这么多好东西。

　　"哎呀，这么多银质尿罐，"蓬杜斯小声说，"尤阿基姆

的父亲肯定有 50 岁了!"

但是转瞬间他们就僵硬地站住了。

"你听!"

蓬杜斯惊恐的样子让拉斯莫斯也变得害怕起来,尽管他什么声音也没听见。

"什么?是什么?"

"有脚步声,"蓬杜斯小声说,"有人在房子里轻轻走动。"

如果不是男爵,还能有谁在这里走动?也许是尤阿基姆吧,啊,很可能是尤阿基姆!男爵当然不会知道,其实就是爱情受害者救援队进来看一下。

他们呆呆地站在那里等,吓得出了一身汗。但是没有什么男爵来,也没有什么尤阿基姆来。一切又恢复了平静。

哎呀,这只不过是幻觉!人在高度紧张的时候,什么事情都会发生。他们重新振作精神,鼓起了勇气……事情进展得很不错,墙角里哪会有什么男爵呢!

"你觉得他的房间在哪里,那个尤阿基姆?"蓬杜斯小声说。

"当然在楼上……我们走!"

他们毫不陌生地沿着宽大的橡木楼梯往上爬,就像是这家的孩子。

但是楼上有很多门可选择。尤阿基姆在哪扇门后边睡着

呢?拉斯莫斯小心地打开最近的那个……这是尤阿基姆自己的房间吗?

屋里有一张大床。有人躺在那里打呼噜,呼噜打得特别怪。

"呼噜——咻,呼噜——咻……"听起来是这样。

只有老男爵打呼噜才会有这样的声音,尤阿基姆打呼噜不可能发出类似的声音,这一点他们敢肯定。

"呼噜——咻……"蓬杜斯笑了。

这时拉斯莫斯已经打开了下一扇门。那里没有人打呼噜,非常静。不过那里的床上躺着一个人,一个长着漂亮的卷曲黑发的脑袋躺在枕头上。他睡得确实很香,他没有醒着,尤阿基姆好像为他毁了普丽根的生活而伤心呢。拉斯莫斯用手电筒照了照他。

"笨蛋小男爵,你的笨蛋降价商品目录在哪儿?"

他睡觉时,大概不会放到枕头底下吧!手电光在屋里四处寻找。小男爵的屋里也很阔气,不过没有各种银器,但是有很大的写字台、书架和舒适的椅子,墙上挂着吉他,还有很多名画,没有普丽根自己房间里贴的那些电影明星照片。他用不着挂明星照,他自己的降价商品目录里贴满了女孩子的照片。

书架上摆的东西里没有像目录的。手电筒无谓地照着书的名字。不过写字台上也放着书。《高中历史》《瑞典文学史》《法语语法》,看来这个尤阿基姆还挺好学!英语练习本……

降价商品目录,哇,降价商品目录!拉斯莫斯像鹰一样扑向自己的猎物。

他转过身,对着蓬杜斯。

"我找到了!"

蓬杜斯还是静静地站着,显得很惊恐,他用小得像出气似的声音对拉斯莫斯说:"你听,屋里有脚步声。我认为,有人来了!"

拉斯莫斯轻快地跳了几步来到窗前。

"快……我们从这儿爬出去!"

如你所知,梯子放在窗子底下,是那些大慈大悲的油匠放在那里的。他们没用几秒钟就爬到梯子上,顺利滑到地面,然后飞速穿过苹果树林,好像脚下的草在燃烧。

"你真的相信有人来了?"拉斯莫斯气喘吁吁地问。这时候他们已经来到自己很熟悉的街上,站在一个路灯下喘着粗气,庆幸自己已经转危为安。

蓬杜斯笑了。

"啊,我不知道。不管怎么说,肯定有动静!"

不过拉斯莫斯这时候正在聚精会神地看那个目录——他们从尤阿基姆那里缴获来的宝贵目录。

"啊,他们大概有个老家神,每天夜里巡逻护院!"

他使劲翻阅那本厚厚的目录。

"这么多姑娘的照片!"

对,这里有一大群姑娘友善地笑着,根本不知道尤阿基姆把她们降价卖了。但是普丽根在哪儿?一个梳着马尾辫、脸上有酒窝、漂亮、大方的姑娘在哪儿?

拉斯莫斯找了很长时间,他沮丧地看着蓬杜斯。

"普丽根不在上面!"

他静静地站在那里,垂头丧气。他在思考。

"走,"他坚定地说,"我们返回去!不找到普丽根我不回家。"

蓬杜斯又笑了,好像有人在胳肢他。

"你没疯吧,我们怎么可以整夜在尤阿基姆家爬进爬出呢!"

拉斯莫斯给他解释原因。可怜的尤阿基姆太忙了,他还没来得及把普丽根的照片贴上。即使拉斯莫斯现在拿走了这本目录,也没有用,因为对于尤阿基姆这

种人来说搞一本新的不费吹灰之力,然后再把普丽根的照片贴在第一页。只要她的弟弟还活着,就不会让他得逞,他有足够的力气爬梯子。

"你跟我去吗?"拉斯莫斯问。

"那还用说!"蓬杜斯点点头。

他们鼓起勇气,沿原路返回。相同的街。相同的山楂树丛树篱。相同的白色大门。相同的布满露水的湿草地。相同的梯子。对了,这次他们直接爬梯子。因为这时候他们已经知道尤阿基姆在哪个房间。

他还睡在那里,同一个小尤阿基姆,跟刚才睡得一样香。他的上衣挂在一把椅子上。

今天早晨普丽根怎么说的?

"开始他很珍惜,随身携带,后来就把她列入降价商品目录里。"

因为她没有在降价商品目录里,那肯定还随身携带,也就是说在钱包里……这用不着多少智慧就能算出来,而钱包肯定就在上衣口袋里。拉斯莫斯不慌不忙地摸了摸那件上衣,掏出了钱包说:"没出我的妙算吧?"

他用手电筒照着,捏着一张照片给蓬杜斯看。他们俩站在那里,眯缝着眼看着普丽根高兴的大眼睛。"你是我的唯一"尤阿基姆在其中一边写着,不过他应该说"美女成群"!拉斯

莫斯往床那边瞥了一眼。他把降价商品目录举到熟睡的尤阿基姆鼻子底下说：

"顺便说一句，你可以保留你的姑娘们，怎么处置她们随你的便！不过普丽根的照片你永远也看不见了。"

总算大功告成！两位复仇者可以心满意足地回家睡觉了。

"再见吧，尤阿基姆。"拉斯莫斯小声说，"谢谢你今夜的配合！"

他爬到外边的梯子上，蓬杜斯兄弟紧跟在他的后边。

但是随后他们死一样安静地坐在各自那节梯子上，像两只乌鸦一动不动地站在一棵松树顶上，目不转睛地看着他们身下发生的极不寻常的奇怪事情。

跟电影里的情节完全一样，事情发生得特别快。一个壮汉从窗子跳出来，身后背着一个大包袱，随后另一个人也顺着同一条路爬下来。但此时他们不是在电影院，这一幕发生在现实中，此时五月新的一天正在破晓，冯·荣根男爵家花园里的鸟开始清晨的鸣叫。

他们不敢大声出气。他们不敢想象，如果其中一人把眼睛抬起来稍微往上一看，看见他们俩坐在梯子上，会出现什么情况。他们只是用睁大的眼睛互相看着……我是在做梦，还是你也看到了这一切？

当他们看清快速从苹果树中间逃走的那两个人时，眼睛睁

得更大了。

"阿尔弗雷德,"拉斯莫斯小声说,"而另一个……是那个不三不四的人!我们快走!"

他真不愧是警察的儿子!行动必须要迅速。因为深更半夜从窗子爬出来的人是入室盗窃的小偷……他们既不属于这样或者那样的救援队,当然也不是来取降价商品目录的。那个大包袱里没有降价商品目录,里边是冯·荣根男爵的金银器物,这一点绝对没错。

"可怕的幽灵,"蓬杜斯气愤地说,"我刚才听到这两只杜鹃①的声音了。我们难道不应该赶快跑去找你的父亲吗?"

拉斯莫斯摇一摇头。他们先要尾随阿尔弗雷德,看他背着包袱到哪里去。小偷已经出了大门,沿着山楂树篱大步逃走。两个小偷跑得太匆忙,没有意识到,在他们身后不远的地方跟着两个穿牛仔裤、运动鞋的复仇者,他们这次不是用一只眼看,而是用两只睁大的眼睛看。

前天晚上他们逛儿童游乐场时,看见紫丁香花丛中一排排错落有致的房车,他们不是想从其中一个房车的小窗子往里看吗?他们此时做的正好是。他们偷偷往里看的正好是阿尔弗雷

---

① 杜鹃自己不孵蛋,而是把蛋下到别的鸟的窝里,由别的鸟替它孵。此处有"偷"和"不劳而获"的意思。

德的房车……啊，多么惊人的场面！在两块红格子窗帘之间有一道细缝，用一只眼睛从这个细缝可以看到阿尔弗雷德。不过这足够了，乒乒乓乓，绝对够了！窗帘后边的窗子开着，他们能听到里边的说话声，尽管他们被吓得咚咚的心跳声几乎盖过

了里边传出的声音。

房车里有三个人,阿尔弗雷德、他的同伙和他在表演吞剑时给他打下手的那个胖女人。此时她穿着干家务时的衣服,没再穿那件红色丝绸连衣裙,但是他们还是能认出她。在他们三个人之间的地板上……上帝保佑,如果冯·荣根男爵能看到就好了!那里放着从他那里偷来的一大堆闪闪发亮的银器。阿尔弗雷德看着这大堆宝物,眼睛散发着得意的神采。他咬着自己坚硬的双手,开口一笑,露出洁白闪亮的牙齿。他拍着那个女

人的后背说:"亲爱的贝塔,你活这么大见过这些东西吗?"

"她肯定没有,这位亲爱的贝塔,"拉斯莫斯想,"我也没有见过!"

贝塔那样子看起来也很满意:

"天啊,你们捞来这么多好东西!确实值得犒劳一下,喝点儿咖啡吧。"

"对,当有人一下子'捞'回家这么多好东西时,确实应该。"拉斯莫斯暗暗挖苦道。

另外那个人长着丑陋的大嘴,看起来很紧张,他无法平静下来。他站在那里,不停地用脚踏地。

"咖啡,"他说,"你用不着说,我们肯定需要!这次真要把我吓疯了。"

这时候阿尔弗雷德的笑脸消失了。他滚动着眼珠,向空中振臂,好像招呼更高的神灵听他讲话。

"这两个坏小子,他们如果在这儿,我非灭了他们不可!"

站在窗子外边的那两位惊恐地互相看了看。但是害怕的确实还有一位——贝塔!

"哪两个坏小子?你在讲什么,阿尔弗雷德?"

"我在讲什么?我在讲从我们到这里以后,自始至终围着我转的那两个小坏蛋。他们想用一只眼睛看我。"

"你碰到他们啦?"贝塔显得很害怕。

"碰到了，"阿尔弗雷德气愤地说，"他们就在那家房子里，不信你问恩斯特吧！"

"对，千真万确，贝塔，他们就在那家房子里。"

这时候贝塔简直被吓疯了："你们真不小心，那样的话，警察随时都有可能来抓我们。"

但是阿尔弗雷德挥了挥手，让她别紧张：

"真幸运！他们没有看见我们，而我们看见了他们。"

窗子外边那两位又互相看了看，这次他们的目光中有某种胜利的表情。

"到底是怎么回事？"贝塔不安地问，"谁能告诉我到底是怎么一回事？"

"好，听着，"阿尔弗雷德说，"你现在好好听着！恩斯特和我刚进屋，正准备下手帮助男爵消财免祸，这时候我们听到有动静——咚——屋里某个地方有响动，接着又——咚——恩斯特跑到一个柜子后边躲起来，而我钻到一个桌子底下，趴在那里想，当你知道我在一张桌子底下被吓得得了心脏病，会有多么伤心……"

"对，对，"贝塔不耐烦地说，"那些孩子后来怎么啦？"

"别急，"阿尔弗雷德说，"你知道，亲爱的贝塔，当我的两条腿麻了的时候我就想，我现在一定得爬出去，看一看那响声到底是怎么一回事，就在这个时候我看到那两个坏小子走进我们所在的房间……"

贝塔的样子就像浑身都被蚊子咬了一样，她被吓得张大了嘴巴。

"啊，真讨厌，"恩斯特说，"我特别不喜欢，真见鬼，他们也有手电筒，到处乱照，那两个小崽子。"

阿尔弗雷德不安地挠了挠头说：

"对，我在桌子底下感到很沮丧，"他说，"这两个坏小子，这么早就走上犯罪的路，当可耻的银器盗贼……这时候我的腿也麻了！"

恩斯特掏鼻孔，一副若有所思的样子。他说：

"真奇怪！我就是不明白他们在那里做什么。他们跟我们的目的不一样，不是为了银器。"

"猪脑子，"贝塔说，"很明显，你们进去的时候他们看到了，在后边跟着你们。"

"不对，贝塔，"阿尔弗雷德说，"他们没有看见我们。尽管我相信，即使把我烧成灰，那两个小坏蛋从几公里之外也能认出我。"

恩斯特还在思考。

"我偷偷跟在他们后边。他们进了一间卧室，上帝知道他们在那里做什么。我站着，从门缝往里看，这时候他们爬到外边梯子上，随后不见了。"

"直接去报警了,我敢肯定。"贝塔一边说一边大祸临头似的点头。

这时候阿尔弗雷德用拳头捶桌子。

"闭上你的乌鸦嘴,贝塔!别吓唬恩斯特,你知道他神经脆弱。别说了,赶快给我们倒咖啡!"

贝塔不说话了。她顺从地从酒精炉上拿起咖啡壶,为他们往有玫瑰花图案的大杯子里倒咖啡,并摆上蛋糕。他们坐在桌子周围,气氛温馨舒适,好像在参加咖啡宴。贝塔,她肯定是一位爱美的女人,喜欢把周围布置得很漂亮。床上铺着花格子床罩,桌上一个很难看的小花瓶里插着紫丁香。这时,阿尔弗雷德从地上那大堆银器里挑出一个带盖的大壶。

"看这个,贝塔,送你一个古老的花瓶。"说完他从花瓶里揪出紫丁香,把它们塞到银质壶里,然后得意地坐在那里欣赏起来。

"多好啊,我的眼睛也能看一看这把酒壶,"他说,"对我这个盗窃银器的老手来说多幸福!"

但是恩斯特很紧张地说:

"在全城的人醒来之前,让我们把这些东西放进包里,离开这里吧。我们不能把东西藏在这里。"

"对,上帝保佑,"贝塔一边说一边摊开双手,"天一亮,警察肯定要来查抄。"

"对,只要出现一点儿问题,警察就会来儿童游乐场,"

阿尔弗雷德一边说一边又吃了个小蛋糕,"他们总认为是到过儿童游乐场的什么人所为。"他一边说一边显得很委屈。

恩斯特怪笑起来。

"有时候他们的看法也是对的。"他说,但还是很紧张。

"在古董贩子明天晚上取货之前,我们一定要把这些东西放在一个安全的地方。"

恩斯特开始往袋子里装银器。

"我不赞成一定要等到明天晚上……见鬼去吧,我一点儿也不赞成。但是这个古董贩子不能提前来。"

阿尔弗雷德继续平静地吃着面包蘸咖啡说:

"你神经脆弱,恩斯特,你一向都是这样。很好,我们肯定能找到一个安全的地方!"

"什么地方?你有什么建议吗?"

阿尔弗雷德若有所思地在耳后挠了挠。

"啊,亲爱的贝塔,你说呢?你在这座城里不是有一个妹妹吗?"

贝塔急切地点了点头。

"放在我妹妹的地下室,你们说怎么样?"

"放在你妹妹的地下室?"恩斯特怀疑地问,"那你妹妹到地下室取土豆时,就能找到所有的东西!"

贝塔用一双水汪汪的蓝眼睛愤怒地看着他,冷笑起来。

"啊，她不会那样做！她躺在医院里，我的妹妹大腿骨折了。"

阿尔弗雷德没有表现出过多的同情，相反，有些幸灾乐祸。

"对，你可怜的妹妹摔断了腿……还正好是右腿！她无法走到地下室，连一个小土豆也拿不走。"

恩斯特把目光从阿尔弗雷德身上移向贝塔，又从贝塔移向阿尔弗雷德，仍然很不放心。

"我不赞成，"他说，"因为这里还有人没摔断腿。"

"我理解你的担心，"贝塔尖刻地说，"好啦，你随便藏到我不知道的地方吧。不然我有地下室的钥匙，我会取一点儿果汁送到医院去。你随便吧，愿意把东西藏哪儿就藏哪儿。"

"别急，贝塔，"恩斯特说，"我们说好，藏到地下室去。但是有件事你们俩都要明白。我要把这个袋子封好……明白吧？我要在这个包上打上铅印封好，明晚我们把这个袋子交给古董贩子时，上面的铅印要保持完好……明白吧？"

贝塔愤怒地看着他：

"你是一个刁钻、多疑的小人……明白吧？你难道不相信阿尔弗雷德和我吗？"

阿尔弗雷德挥了挥手中的蛋糕，示意他们别急：

"请闭上你的乌鸦嘴，贝塔！信任固然不错，但是铅封更好，我亲爱的妈妈一直这么说。"

他转向恩斯特,说:"你完全可以对袋子进行铅封,如果你愿意。明晚古董贩子来的时候,拆掉封条。上帝仁慈,这次他一定要立即付款!"

恩斯特点头赞成。

"他一定要付,对!可不能像上次那样,他花一点儿钱就买走了我们所有的东西,随后在古董商店一倒手就赚了十倍!"

他不安地看了看自己的手表说:

"3点多钟了。我们要抓紧时间转移,越快越好!你妹妹的地下室在什么地方?"

现在……现在该到安全的地方去了!他们可以爬进紫丁香丛藏在那里,小偷们随时可能出来。"快,"拉斯莫斯想,"快!现在应该做什么?啊……蓬杜斯可以偷偷地跟在他们后边,观察他们到哪里去,我跑步去叫爸爸。"

但是这时候发生了意外。

整个碾虱子人集市此时都在沉睡,在很小的房车里面也没有人醒来,紫丁香花丛中阿尔弗雷德绿色房车里的那三个人除外。黎明前,这是一天当中最安静的时刻。就在这时,突然传来一声狗叫,那叫声欢乐、急切。是一条非常快乐的小狗……它找到了自己的主人、总算盼到天亮了,怎么能不高兴呢!

"陶科尔,"拉斯莫斯抱怨说,"你来得真不是时候!"

第六章

西水湾碾虱子人集市已经有三百多年历史,经历过很多打架斗殴的事情,既有鞑靼人拿刀的疯狂格斗,也有来赶集凑热闹的醉酒长工发生的普通争吵。但是五月那个星期五早晨太阳刚刚升起时发生的事情是前所未有的。男小偷、女扒手、孩子和狗在紫丁香丛中疯狂混战在一起——这种事三百多年来绝无仅有。

"快跑,蓬杜斯,快跑,"拉斯莫斯尖声喊道。蓬杜斯拼命跑起来,紫丁香花被震得纷纷落下……恩斯特紧追其后。

拉斯莫斯自己无法逃跑。他被阿尔弗雷德坚硬的大手掐着脖子,像被夹在虎头钳上。

"不准说话,"这位吞剑者怒斥道,"不然我就把你的脖子拧下来!"

看样子他真想这样做,拉斯莫斯被吓得缩成一团。这时候陶科尔介入了,谁也不能这样对待它的主人。诚然它的主人有

可能很快把抓住他的那个大坏蛋打一顿,但是为了万无一失陶科尔还是想先帮一把。它冲过去,愤怒地叫个不停,目的是想让这个坏蛋明白,它要咬他。坏蛋信以为真了,他怎么知道,陶科尔长这么大,除了一只无辜的小公鸡,从来没有咬过谁,当时是因为那只小公鸡无意中挡住了它的去路。阿尔弗雷德朝它猛踢一脚,伴随着一声痛苦的尖叫,陶科尔滚入紫丁香丛之中。这时候拉斯莫斯气疯了,竟然有人打他的狗!他失去了理智,无法把握分寸了。他迅如闪电,使出全身力气用牙齿咬住阿尔弗雷德裸露的胳膊。在他受伤的心灵深处大概有一个声音在这样说:"你踢了我的狗,我的狗无法咬你,但是让你看到,有一个人可以!"他像陶科尔一样不善于咬人,但是本能告诉他,对付银器盗窃者,不需要认真遵守什么规则。

　　阿尔弗雷德怒骂一声,暂时松开了拉斯莫斯的脖子。只有一秒钟,但足够了。拉斯莫斯叫了一声,从阿尔弗雷德的手里挣脱出来,拼命在紫丁香之间奔跑,他自己也不知道要跑向哪里。阿尔弗雷德像一头发怒的犀牛在后边穷追不舍,拉斯莫斯虽然瘦,但是很健壮,跑起来比又老又胖的阿尔弗雷德有很大优势,如果不是谁不怀好意地在紫丁香丛后边放个洗衣盆把他绊倒,他完全可以脱身,是前天晚上绊倒阿尔弗雷德让他们得以逃跑的同一个洗衣盆。此时这个洗衣盆站到了敌人那边,成了阿尔弗雷德的帮凶,拉斯莫斯四肢着地趴在上面。当他的腿

摔到盆沿上时，只感到一阵难受，双手扎到湿乎乎的泥里，盆里的水洒了一地。转眼间阿尔弗雷德就到了。拉斯莫斯明白了，他被抓住了，怀着愤怒无助的心情，他抓起一把稀泥，摔到阿尔弗雷德的嘴上。

"噢呀噢呀。"阿尔弗雷德闷声闷气地叫着。他一边吐痰一边擤鼻涕，那样子很像对天长叹，但他又不想过多地打破早

晨的宁静。整个碾虱子人集市还在沉睡,房车周围也很安静,拉斯莫斯无奈地寻找能帮他摆脱困境的人。一位在射击场营业的小姐确实被吵闹声惊醒,她愤怒地从房门伸出头高声喊:"深更半夜瞎吵吵什么?就不能让人安安静静地睡会儿觉吗?"

拉斯莫斯无法喊叫。阿尔弗雷德用一只铁一样硬的手掐着他的脖子,用另一只手堵住他的嘴巴。

"说得对,"阿尔弗雷德附和着,"你相信这个臭小子能明白,每天在儿童游乐场工作到深夜1点钟的人不愿意凌晨3点就被他那只讨厌的狗吵醒吗?不过现在就让他从这里滚蛋,连同他的狗!"

那位小姐关上门,而拉斯莫斯对于无情推搡他的那个迫害幽灵束手无策,他被推拉到紫丁香丛后边的那个绿色房车里。

"好啦,我们现在必须要谈谈了,"阿尔弗雷德一边说一边狠狠地把他推进房车里。蓬杜斯坐在里边,脸色苍白。看见拉斯莫斯时,他试图从恩斯特按着他的那个床上站起来,他愤怒地叫起来:"拉斯莫斯,你看他们怎么能这样对待你的狗!"

贝塔坐在那里,她已经把陶科尔裹在一个毯子里,用手使劲捂着它的嘴,免得它大声叫起来,陶科尔只能出一点儿气。

"别动我的狗!"拉斯莫斯愤怒地喊叫着。

他朝贝塔冲过去,但是阿尔弗雷德打了他一耳光,他倒在蓬杜斯的胳膊上。

"如果你们不闭嘴,我就让你们从这个世界消失!"阿尔弗雷德一边说一边重重地坐在他们对面的床上。

"我说什么来着,阿尔弗雷德,"贝塔抱怨,"我说什么来着……我难道没说两个孩子肯定看见你们了!上帝保佑,多不幸啊,我们现在怎么办?"

"先别吵吵,"恩斯特低声说,"我有办法。"

美滋滋的喝咖啡气氛现在哪儿去了?消失了……这里只剩下愤怒和恐惧,气氛完全变了,甚至变成臭气了。阿尔弗雷德、恩斯特和贝塔,他们像坐在一张网里的老鼠,又恐惧又愤怒,恶狠狠地看着破坏了他们美好生活的两个坏小子。

"放了陶科尔,"拉斯莫斯喊叫着,"不然我什么事都做得出来!"

恩斯特冷笑一声。他很害怕,但面目更狰狞,这时候他的眼睛亮了起来。他朝拉斯莫斯弯下腰,离拉斯莫斯很近很近,拉斯莫斯甚至可以闻到他嘴里刚才喝的咖啡味儿。

"你听着,"他说,"那个是你的臭狗……叫陶科尔对吧?"

"对,"拉斯莫斯勇敢地说,"放开它,我已经说过了!"

恩斯特再一次快速露出了讨厌的笑脸。

"陶科尔,你很喜欢它吧?"

拉斯莫斯用蔑视的目光看着他说:

"这不关你什么事儿,我说了,放开它!"

恩斯特平静地坐了一会儿,他在想事。他紧张地咬着手指甲,眼睛不安地四处看。他看着坐在床上紧紧靠在一起的两个男孩子,看着按着陶科尔的贝塔,看着刚才被累得气喘吁吁、正坐着擦头上汗水的阿尔弗雷德。

"听着,小子,"他对拉斯莫斯说,"我有一个建议……你们当然可以到警察局去告发我们……"

"对,我们会的,"拉斯莫斯说,"我们一定会的!"

这是一个多么好的想法,蓬杜斯也鼓起了勇气。

"对,我们一定会的!他们家就有警察。"他一边说一边指了指拉斯莫斯。

"对,我的爸爸就是警察,"拉斯莫斯说,"这是真的!啊,让爸爸来抓你们三个该有多好啊!"

阿尔弗雷德的眼睛里出现了某种近乎同情的目光。

"可怜的孩子,天有不测风云,人有旦夕祸福。尽管你父亲是局子里的,但是也会有人要你的小命……至少偶尔会有。"

恩斯特又转向拉斯莫斯说:

"我想打死你那只臭狗,你反对吗?"

拉斯莫斯哇的一声哭了,怎么都止不住。当他听到这个匪徒坐在那里说出这些话时,他伤心极了,眼泪哗哗地往下流。

"如果你这样做……"他说,但是下边的话他说不下去了。他抽泣着,心里充满仇恨。这时候蓬杜斯的眼睛也湿了,

他把手放在拉斯莫斯的肩膀上安慰他。

"好，你们执意要去警察局告发我们，我就以牙还牙，先把你的狗打死，"恩斯特说，"我最多蹲一两年监狱，你知道吧？谁让你们来这里瞎掺和，我肯定要让你们付出代价。"

阿尔弗雷德愤怒地点一点头说：

"我希望把这两个小崽子也打死，那会很开心的！"

"你们看我的建议怎么样？"恩斯特一边说一边用脚踢了踢放在地板上的那袋子银器，"我们拿这点儿银器换陶科尔怎么样？"

拉斯莫斯用两只哭得红肿的眼睛疑惑地看着他。

"自己活，别人也得活下去，你们知道吗？"恩斯特继续说，"让一个老男爵破点儿财，对他算得了什么呢？他不会因此饿死。你们明白我说的意思吗？"

拉斯莫斯摇摇头。

"你脑子有点儿不开窍。"恩斯特说，"知道这是什么意思吗？如果你们告发，我就当场打死你的狗，管他妈的会有什么后果呢，但是如果你们把嘴闭上，你就可以要回你的臭狗……明白吗？"

拉斯莫斯哭了。他听见陶科尔在呻吟，而他坐在这里束手无策。

"这是一个好主意，"阿尔弗雷德说，"一个相当不错的

主意。如果你们去告发，我们就勒死这只臭狗；你们不告发，我们就不勒死它，好主意！"

"怎么样？"恩斯特问。

拉斯莫斯哽咽着。做这样的交易太可耻了，但是陶科尔在痛苦地呻吟，他是那么爱它。他用征询的目光看着蓬杜斯，蓬杜斯点点头，他也认为，一只狗远比冯·荣根男爵的银器更可贵。

"好吧，那你放了陶科尔吧。"拉斯莫斯小声说。

阿尔弗雷德急切地朝他弯下腰问：

"你们能保证？保证在任何情况下都不开口说话？"

拉斯莫斯点头默认，但是阿尔弗雷德还是不放心。他伸出自己那个胖乎乎的食指，似乎在用激将法：

"你们保证啦！你们要信守诺言，永远不能变。请记住，诚信最良久，我亲爱的妈妈一直都这么说。"

拉斯莫斯没听他说什么，而是转向贝塔。

"放开陶科尔！"

"且慢，"恩斯特说，"你明白，坏小子，明天晚上才能要回你的狗。"

拉斯莫斯瞪着他，他被这种背信弃义和狠毒气得一句话说不出来。

"在此之前我们无法离开这里，"恩斯特说，"原因跟你

无关。我们不脱身，你休想要回你的狗！"

"但是我们已经保证，绝对不传话。"拉斯莫斯气愤地说。

恩斯特再一次靠近他，近得能闻到他呼出的咖啡味儿。他用威胁的口气说：

"我不想冒险。我想把你的臭狗锁到一个谁也找不到、即使它叫也没有人能听到的地方，这样，就算你们告发了、我们进了局子，你也只得跟你的狗拜拜啦，它待在那里，直到饿死。"

阿尔弗雷德赞同地点一点头说："对对！没有吃的……没有喝的……干等着死吧！"

拉斯莫斯又哭了。他也没带手绢，他哽咽着说：

"如果你们敢伤害陶科尔，那时候……那时候……"

恩斯特打断他的话：

"明天晚上，你听清楚！如果你们识时务，你的狗不会出什么问题！现在滚蛋吧，我懒得看见你们！"

他用力把他们推向门口。

"再见，陶科尔，"拉斯莫斯哽咽着说，"再见……"

"不过还得说一句，"就在他们要走的时候恩斯特说，"下午你们要回到这里，我好知道，你们是不是信守诺言了……明白吗？"

"见鬼去吧。"拉斯莫斯哽咽着说。

这时候，穿着牛仔裤和运动鞋的两位复仇者朝家走去。他们慢慢行进在紫丁香丛中，疲倦、蓬头垢面、浑身是伤，谁见了都会掉眼泪。爱情受害者救援队惨败而归，一半泣不成声，另一半束手无策。蓬杜斯笨拙地把手放在拉斯莫斯的肩膀上，安慰他说：

"好啦，拉斯莫斯，别哭了！明天晚上我们就可以要回陶科尔。"

但是拉斯莫斯不接受安慰。

"明天晚上，说得好听！但是想想在这之前……可怜的陶科尔！"

蓬杜斯也觉得挺可怕，想想看，陶科尔要被单独关那么长时间。

"不知道他们会不会伤害它，"他思索着，担心地朝阿尔弗雷德的房车看了看。房车的门关着，但是他看见贝塔正在窗子里用愤怒的目光盯着他们。

他又想了一下。

"我说拉斯莫斯，"他低声说，"如果我们能藏在附近的树丛里，想办法观察他们会把陶科尔带到哪里去，行不行？"

拉斯莫斯止住脚步，怀着深深的谢意看了蓬杜斯一眼，危难时刻见真情，够朋友！

"你真想这么做？"他急切地问。为了陶科尔他自己什么都想做，什么险都敢冒。但是蓬杜斯不一样，陶科尔不是他的狗，他为了一只狗也想这么做吗？啊，想到这一点，拉斯莫斯心头一热，他多么喜欢蓬杜斯啊！

"快走吧，"蓬杜斯一边说一边推了他一下，"贝塔正在窗子里看着我们。"

他们沿着那条通向街口的狭窄小路往前走，头也没回。房车停放的区域与游乐场一样，是有围栏的，那里有一个小门，不对公众开放，只准许游乐场的人进出。游乐场营业的时候，有个门卫，阻止不买票的人接近游乐场，但是现在那里既没有锁门也没有门卫。不久前他们偷偷地从这条小路溜进去，现在这里也是唯一的出口。

"这里，"蓬杜斯小声说，并指了指门附近的一大片紫丁香，"如果我们爬进去，他们看不到我们，但是只要他们出去，就逃不过我们的眼睛。"

他们躺在那里，等待时机，用膝盖在几株茂密的树丛里爬，通过树叶之间的缝隙他们可以看到那个门。这是一个酸臭、潮湿的藏身之地，没多久，拉斯莫斯就感到，膝盖处的裤子变得又湿又黏，他不知道这样一条裤子到了早晨让妈妈看见会得出什么结论。顺便说一句，明天早晨……现在已经是早晨了。看了看手表，此时是3点半，他开始担心，全家人起床之

前他可能赶不回去了。但是这帮小偷肯定也急着要带着陶科尔赶到隐藏地。想到这一点他顿时握紧了拳头。

他还没来得及多想就听见有人走在小路上。蓬杜斯也听到了，他们会意地互相推了推，连小声说话也不敢。由于紧张他们浑身僵硬，偷偷地从树叶之间的缝隙往外看，看到阿尔弗雷德和贝塔朝大门走来。阿尔弗雷德背着那个袋子，贝塔用胳膊挟着一个大口袋，一个不出声的大口袋……啊，陶科尔一声都不叫，想想看，他们无论如何也别把它打死了！拉斯莫斯心里非常难过。

"你要尽量装作去给我妹妹送一袋土豆的样子。"他们经过紫丁香花丛时贝塔说。

但是阿尔弗雷德做不到，他不可能像个勤奋的土豆商人，凌晨3点半跑到顾客那里，问他们有没有可能在这个时候买点儿土豆。他的样子更像冒险家，他既不是很生气，也不再害怕，因为他相当确信，大功已经告成，做了一生最赚钱的买卖。他大摇大摆地走出大门，后边跟着自己垂头丧气的老婆贝塔，她很难跟他同步。

紫丁香后边的那两个人也很忙。那个贝塔胳膊底下挟着的那个袋子没有躲过他们的视线，不管付出多大代价，他们一定要搞清楚那个袋子此时要被拿到何处去，里面是一只死狗还是活狗。袋子里的东西一直让他们揪心，陶科尔大概已经死了。劫

匪什么事都做得出来，他们把狗当人质，但是，如果他们嫌麻烦或者觉得对他们有危险，他们可能把人质秘密处死，还会千方百计加以掩盖，让可怜的人们还抱有幻想。这大概就是恩斯特算计好的，那个无耻的恩斯特……他要让拉斯莫斯相信，陶科尔还活着，这样他们就可以在明天晚上带着银器溜走，而那个秘密口袋——一只冰冷的死小狗，随便扔在某个树丛里就行了。但是，如果他们真这样想，就大错特错了。如果他们对陶科尔有任何伤害，都会遭受严厉的报复。拉斯莫斯坚定地爬出树丛。

"走，蓬杜斯。"他小声说。

蓬杜斯走出来。他是碾虱子人集市追踪小偷的最佳人选。他长这么大一直住在这里，熟悉这里的每栋房子、每个大门口、每道围栏和每个院子。他对于这里的崎岖不平的街道也了如指掌。玩捉迷藏时，他曾经在这里藏身，还先后扮演过印第安人、偷猎者、牛仔和侠士。这次变一变样，他肯定可以追踪几个偷银器的小偷。

"我真的可以相信，他们想到我们家来拜访我，"他们赶上阿尔弗雷德一会儿以后，蓬杜斯惊奇地小声说，"真见鬼……他们朝木匠坡走去了！"

19世纪中叶该城在一场大火中被烧毁，碾虱子人集市是旧西水湾仅存的地方。周围盛开着紫丁香花的那些低矮的木头

小房子是该城最古老的房子,西水湾所有的人都为它们感到自豪,但是没人愿意住在里边。如今住在那里的,绝大多数都是一些孤寡老人,他们在自己的小厨房里转来转去,在外边收拾自己的花草,无奈地讲述西水湾迅速发展起来之前的情况。但是木匠坡位于碾虱人集市的最高处,那里有一排惨不忍睹的破旧三层楼房,经常聚集着大群的孩子,可能不是上帝的好孩子!他们追老人们的猫,爬他们的围栏,秋天偷他们的苹果,吵得老人们不得安宁……老人们不记得昔日的西水湾有没有这么淘气的孩子。

其中一个孩子就是蓬杜斯。他住在木匠坡14号,是碾虱子人集市最破烂不堪的出租房,院内有木柴屋和厕所,还有一个与附近另一所破房子隔开的高围栏。想到木匠坡,必须费力走过狭窄、崎岖不平的鞋匠街,此时此刻阿尔弗雷德和贝塔正好往那边走。诚然,鞋匠街是西水湾的明珠,有着最美的田野风光,但是那两个人寻求的肯定不是什么田园风光,他们要去的一定是木匠坡。

蓬杜斯挠了挠脑袋说:"我的天啊,贝塔在木匠坡还有一个妹妹?"

突然,他全明白了:"是我们楼里的安德松夫人!你昨天嘴肿得像大猪嘴时,跟她像极了……我怎么没想到这一点!她的腿骨折了,现在正住院呢。"

"如果他们把陶科尔藏在她的地下室里，它会把全楼闹翻天，这一点我敢保证。"拉斯莫斯说，"当然，如果它还活着的话。"他伤心地补充道。

蓬杜斯在思索。可怜的安德松阿姨，她是那么友善，怎么会有一个像贝塔那样的姐姐呢？大概是因为她与阿尔弗雷德结了婚，才走上邪道……如果她现在已经与他结了婚的话。

不过此时已经没有时间考虑这个问题了。阿尔弗雷德和贝塔正朝木匠坡走去，这一点很明显。贝塔有些不安，她惊恐地朝四周环视。不过她用不着害怕，鞋匠街仍然笼罩在晨雾中，朝阳照得小窗子闪闪发亮，那里还没有任何一个喜欢早起的老太太把头从天竺葵之间伸出来，看新一天的到来。贝塔确实可以安下心来。天竺葵和倒挂金钟花后边的窗帘仍然拉着，没有人在看她的愚蠢和罪恶，除了穿牛仔裤、运动鞋的复仇者。他们紧贴在她身后二十五步远的大门上，当她和阿尔弗雷德刚一消失在坡道拐弯处，他们就小心地跟了过去。

蓬杜斯在最近一个小时没有遇到值得笑的事，但是当他看见阿尔弗雷德和贝塔从后门偷偷溜进木匠坡 14 号时——他长这么大一直都住在那里——他发自内心地笑了。

"他们真不聪明，"他说，"他们要去的确实是安德松阿姨的地下室。"

然后他又更加开心地笑了一次。

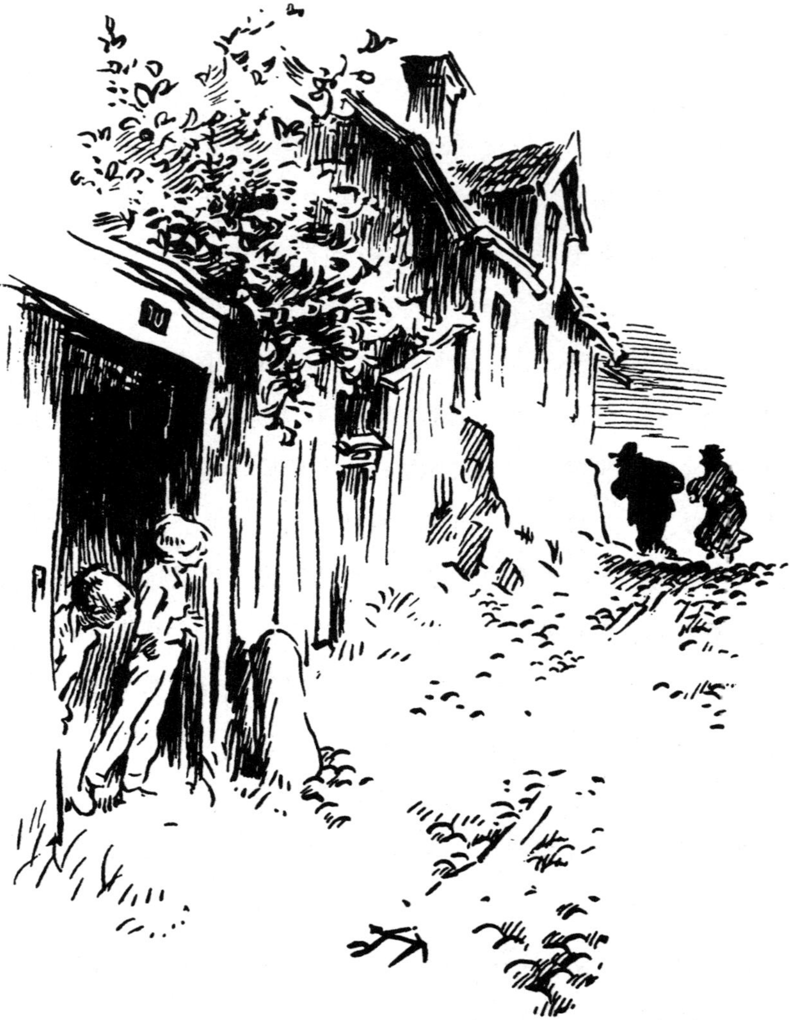

"你听着，"他说，"你听着拉斯莫斯，你知道，上周安德松阿姨大腿骨折之前，她请求我做什么吗？"

当他想到安德松阿姨请求他做的那件事时，竟狂笑起来，这让拉斯莫斯深感不安，他不得不制止他笑。但是蓬杜斯无论如何都止不住。

"你听着，她请求我，帮助她打扫地下室，她……"他笑得几乎断了气，"她给了一把备用钥匙，请我帮她打扫！"

拉斯莫斯在悲愤之中总算露出了一点儿笑容。

"那样的话，我确实认为，你该应承下来。你可以先把陶科尔打扫出来。"

蓬杜斯点点头。

"对……还有那袋子银器！等他们走了以后就动手。走，我们先去木柴屋！"

住在木匠坡的小孩子们会不时地发生激烈的战争，蓬杜斯不止一次地守卫14号房子的后门。他知道，木柴屋是最佳守护地点，那里的墙上有足够宽的缝进行侦察。

"你的那把钥匙在什么地方？"当他们走进漆黑的木柴屋时拉斯莫斯问。

"挂在我们废品库墙上的一颗钉子上，"蓬杜斯说，"真幸运，我没把它带在身上。"

随后他打了个哈欠。

"哎呀，夜里活动很容易犯困，"他说，"希望他们别有住在地下室的想法。"

拉斯莫斯叹了口气：

"对，我也有点儿支持不住了。我连一分钟也等不了啦。"

蓬杜斯竭力想打起精神，但很困难。他站在那里，忍受着眼睛缺觉的折磨，控制泪水不流出来，从一道墙缝侦察对面14号房子的后门。那是一扇破烂不堪的灰色门，油漆已经脱落，上面留有很多脚印，谁都看得出，是一扇经常遭到脚踢的门。他自己可能就在那里留下很多痕迹，他手里拿着空瓶子、背着废品袋经常出入那里。那扇门过去从来没有找过他一点儿麻烦，但是此时，他站在那里，特别讨厌它……它真想永远关下去吗？

不，那扇门不会永远关着。此时有人走出来，门被完全打开了，贝塔小心翼翼地把头伸出来，后边跟着阿尔弗雷德，他大大方方地走在朝阳里。他身上已经没有了那个袋子，而贝塔也没再拿着那个包。

"请你们等一等，我先打扫一下卫生。"蓬杜斯小声说。但是他没有再说下去，因为这时后来者就在木柴屋外边，就是阿尔弗雷德和贝塔，距离是那么近，伸手就能碰到他们。贝塔说："她为那双橡胶靴子吵了很久。现在好啦，起码不再抱怨。"

是谁为橡胶靴子吵，他们没有听到，也没再追问，因为阿尔弗雷德和贝塔已经沿着木匠坡走了，此时他们终于可以知道狗狗陶科尔的情况了。

拉斯莫斯首先冲到去地下室的台阶上。

"联合废品股份有限公司，所有者蓬杜斯·马格努松和拉斯莫斯·佩尔松"这样的牌子挂在地下室的一扇门上。这是一块亲切、著名的牌子，但是公司的拥有者拉斯莫斯·佩尔松这时候已不在意自己的废品公司。在蓬杜斯去取挂在那里的一颗钉子上的钥匙时，拉斯莫斯脸色苍白地站在那里等着，他长这么大，从来没有过像现在这样沮丧。

在通道的另一端，离他们废品公司三步远的地方，是安德松夫人的地下室。蓬杜斯已经到了那里，用手摸着那把挂锁。

"好，好，我一定加快速度。"当他看到拉斯莫斯那个急劲儿时说。他打开门，拉斯莫斯冲了进去。

"陶科尔，你还活着吗？"他用故作镇静的声音说，随后就哭了，因为他看见那个袋子一动不动地放在地板上各种破烂东西中间。拉斯莫斯明白了，地下室里根本没有什么活狗。他弯下腰打开那个袋子时，手一直在颤抖。

包里是一双橡胶靴子和一件旧大衣……没有别的东西。他呆呆地看着那个袋子，过了好长时间才明白，那个袋子从来就没装过陶科尔，不管是活的还是死的。

他不知所措地看着蓬杜斯。

"你认为,他们把陶科尔弄到哪里去了?"

这时候他们完全明白了,他们作了错误的跟踪,在此期间恩斯特早把陶科尔带到那个谁也找不到、谁也听不到它叫的秘密地点。而他们却在这里——安德松夫人的地下室!

"至少那袋子银器在这里,"蓬杜斯最后说。他拿过拉斯莫斯的手电筒,在破烂东西中间照亮寻找,但是拉斯莫斯仍然站在靠近橡胶靴子的地板上。没有陶科尔,即使这里堆满银器对他又有多少意义呢?

"它不在这里也好,"他说,"如果它真的在这里,早就死了。"

不过现在总还是有一点儿希望,明天晚上他有可能要回活着的陶科尔。

蓬杜斯把各处都找了一遍。他把安德松夫人放土豆的箱子盖打开,站在那里,满意地抚摸着放在里面的那个袋子。

"请猜,里边放着什么东西?请猜,谁想拿走袋子,带着它去找警察?"

拉斯莫斯疲倦地摇了摇头。

"无论如何不是我们。因为你无论如何都不会愿意置陶科尔于死地。"

蓬杜斯平静地盖上土豆箱的盖子。

"不，当然不会！我没想过要这样做。"

不过即使是拉斯莫斯也忍不住看了看那袋子东西，摸了摸里边装得满满的银器。

"你相信，除了我们还有其他人遇到过这件奇怪的事吗？"他说，"我们站在这里，旁边放着一大袋子银器，我们却束手无策。一点儿办法也没有！"

蓬杜斯也认为，这件事情很奇怪。这是一个奇怪的夜晚。开头还不错，但是后来变得很糟糕。他们真不如躺在自己家的床上好。蓬杜斯打了个哈欠，这时候他体会到，床是一个多么舒服的地方。

他拍了拍拉斯莫斯的肩膀说：

"我们回家睡觉吧？"

"对，只能这样了。"拉斯莫斯沮丧地说。

看到他难过的样子，蓬杜斯心里真不是滋味，他很想安慰他，但是他突然想起一件事……普丽根的照片！不管怎么说，拿回她的照片也是他们的战果。

"喂，请你猜一猜，过一会儿谁将把普丽根的照片还给她？"他兴奋地说。

但是拉斯莫斯又摇起头来。

"不管怎么说，不会是我们！你不明白吗？我们不敢透露夜里去过尤阿基姆家的事。如果他们知道了，就会以为是我们

偷了银器。你难道不明白吗?"

蓬杜斯灰心丧气地站在那里……这次援救行动彻底失败了!他伤心地点了点头。

"你说得对!我们真的束手无策了。只能像阿尔弗雷德说的那样……'闭嘴'!"

联合废品
股份有限公司

第七章

拉斯莫斯想睡觉，不想醒来。他绝对不想清醒。但是他的父亲，拽着他的两条腿一上一下地折腾他。有人确实想休息，可不能用这个办法叫醒他。另外，妈妈站在旁边，挠他的脚心，这也没能使事情变得好一些。他疲惫地睁开眼睛，满脸不高兴地打量着周围上下翻转的世界。

"你必须醒过来，拉斯莫斯。"妈妈笑着说，"难道你今天不想上学了？"

他的父亲把他放在地板上。

"小孩子怎么这样爱睡觉，真奇怪。"他说，"这小子从昨天晚上8点钟一直睡到现在，要把他弄醒简直是白费力。"

"对，因为我不想醒来，"拉斯莫斯想，"我不想醒来，也不想再提起跟陶科尔有关的那件事。"

"你难道也不想带陶科尔出去散步吗？"妈妈说，"顺便问一句，陶科尔在什么地方？"

"我不知道。"拉斯莫斯含混不清地说。

"它大概在普丽根的房间吧。"爸爸说。

"普丽根,"他喊叫着,"陶科尔在你那里吗?"

从普丽根房间里传来令人心烦的否定回答。

"这个小东西,可能又从窗子跳出去了。"妈妈说,"拉斯莫斯,我觉得,它回来以后,你要好好教训教训它。"

还说教训它,如果她能知道真相就好了!如果陶科尔能活着回来,他会请它原谅自己对它说过的每一句粗暴的话,用所有的零花钱为它买肉末儿吃。他要永远、永远、永远陪伴它,

一分钟也不离开,甚至连学都可以不上。

但是他不能马上辍学,今天他必须到学校去,不管以后会怎么样,他必须在那里坐一整天,即使想陶科尔想得白了头。

拉斯莫斯来到厨房时,普丽根已经吃完早饭,但是她仍然坐在桌子旁边,茫然地向前看着。啊,她想尤阿基姆想得如醉如痴……不管怎么说他毕竟不是一只狗!顺便说一句,他已经顾不得她的痛苦,如今他自己的烦恼已经够多了,比她的不知要多多少。

但是爸爸还是像往常一样乐观。他烤面包,放开嗓子唱歌:

在维克舍城,在莱纳平原上,
每一位姑娘都婀娜多姿,
哈里达因,哈里哈里达……

拉斯莫斯用责备的目光看着他,陶科尔失踪的时候,唱这种歌是不合适的。但是爸爸不明白这个道理。他的目光从拉斯莫斯移向普丽根,又从普丽根移向拉斯莫斯,不解地问:"这到底是怎么回事……是倒霉人全国联盟在开年会还是其他什么事?"

他鼓励性地推了拉斯莫斯一下,说:

"你是为陶科尔感到不安吗?别着急!西水湾的警察处于最高戒备,陶科尔可能早被收容了。"

就在这个时候,衣帽间的电话铃响了,妈妈走过去接电话。

"帕特里克,"她喊叫着,"上士警官找你。"

爸爸从桌子旁边站起来说:

"我的上帝,一大早他会有什么事呢?"

"我保证知道是什么事。"拉斯莫斯想,他聚精会神地听着。

"你好,上士警官,"爸爸打趣说,"你这么早就醒了……你说什么?"

爸爸沉默了很长时间,拉斯莫斯焦急地等待事情的进展。

"在冯·荣根家?"爸爸高声喊叫起来,此时连普丽根的眼睛和耳朵都紧张起来,"我从来没听说过有这种事……好啦,好啦,我马上去!"

"冯·荣根家发生入室盗窃案,银器不翼而飞……一件不剩!"

爸爸把滚烫的咖啡一口咽下去,烫得他叫了一声。

"真是多灾多难,什么鬼咖啡!"他喊叫着,"我必须马上到局里去!"

他一边戴警帽,一边冲向大门,在那里停了瞬间,做了个立正、敬礼姿势说:

"上帝护佑国王……我晚饭时可能也回不来!"

他就这样走了,没有来得及说一句话的妈妈,困惑地目

送他。

"上帝护佑国王……出自帕特里克·佩尔松之口。"她一边说一边摇头。

妈妈为自己倒了杯咖啡,在普丽根旁边坐下。

"可怜的冯·荣根男爵,啊,全部银器!我听说,他有一把古老的酒壶,非常精制,肯定也没有了。"

"我希望如此。"普丽根说。

"我的天啊,你怎么能这么说,"妈妈说,"你希望那把酒壶……"

但是普丽根打断了她的话:

"我的好妈妈,我对酒壶过敏,只要听到这个词,就浑身起鸡皮疙瘩。"

妈妈用怀疑的目光看着她,但是没有说什么。

"我对酒壶之类的东西也过敏,还有银器盗窃者、游乐场老头儿和像贝塔这类的胖女人。"拉斯莫斯想。随后他上学去了。

"蓬杜斯兄弟想不想从我这里借几根火柴,把眼皮支上?"上数学课时弗利贝里老师问,"蓬杜斯兄弟夜里肯定没睡好。"

"对对。"蓬杜斯照实说。

拉斯莫斯站在黑板前边,跟一道算术题较劲儿。他觉得自己也需要几根火柴支住眼皮。他一整天都很困……又困又伤心。这是最后一节课,通常很难保持清醒不犯困,何况夜里还

追赶过小偷呢。老师讲话的声音，就像是一支奇妙的催眠曲。

弗利贝里老师用挑剔的目光看着拉斯莫斯在黑板上的解题，不满意地摇了摇头。

"真奇怪，"他说，"临近五月底的时候，平时学校里贪玩的男生都会临阵磨枪，拼命学习，但是拉斯莫斯·佩尔松大概没有明白，再过十四天我们就要考试了吧？"

不，拉斯莫斯对此很清楚，在通常情况下，他也很在意自己的数学成绩，但是此时他内心已经感到无所谓了。他唯一关注的是陶科尔，他盼望着这节课赶快结束，以便他和蓬杜斯去找恩斯特交涉。

"我想跟他实话实说，你知道吗？"当他们走近紫丁香花丛中的那辆绿色房车时，拉斯莫斯对蓬杜斯说。恩斯特说好在

那里跟他们见面。

但是恩斯特没有露面。阿尔弗雷德坐在台阶上,穿着艺人上衣,外边罩一件散发着鼻烟味儿的旧浴衣,身边有一个啤酒瓶。他们在离他几步远的地方站住,有礼貌地看着他。他们看到他时,夜里发生的各种不愉快的事情立即浮现在眼前。拉斯莫斯清楚地记着,拿着啤酒瓶的那双大手夜里怎样伤害过他。

但是今天,阿尔弗雷德的兴致特别好。

"小伙子们,别愁眉苦脸的,"他一边说一边从嘴边放下啤酒瓶,"小伙子要永远乐观,我亲爱的妈妈一直这么说,我不高兴的时候,上帝慈悲,她就会打我!"

拉斯莫斯瞪了他一眼。

"我想,如果叔叔把自己的狗弄丢了,大概就高兴不起来了!"

阿尔弗雷德略略笑起来:

"别叔叔长叔叔短地叫,我们现在一起共事,可以互称'你'。"他一边说一边朝他们弯下腰,并狡猾地眨了眨眼。

"我真不知道,怎么和一个小偷互称'你'。"蓬杜斯勇敢地说。

阿尔弗雷德嘘了他一声,随后又笑了:

"你认为叫叔叔更好吗?你这个笨蛋!你们叫什么名字,坏小子们?"

"拉斯莫斯。"拉斯莫斯不情愿地说。

"蓬杜斯。"蓬杜斯说。

阿尔弗雷德笑了,笑得前仰后合。

"拉斯米丝和蓬肚丝,起这样的名字真不聪明!不过拉斯米丝和蓬肚丝,你们是不错的男孩子。"他继续讨好说,"小小年纪,不当讨厌的告密者,因为你们知道那样做的后果……你们只是为了一只该死的小狗,特别该死!"

拉斯莫斯的眼睛睁得大大的,充满懊悔。

"阿尔弗雷德,"他说,"你能保证陶科尔还活着吗?"

阿尔弗雷德把啤酒瓶放到嘴边,喝干最后一滴啤酒,打了一个嗝说:"它要是死了就好了!它活着真让人伤神,那个小畜生!"他又打了一个嗝,随手将酒瓶扔到紫丁香花丛中。

拉斯莫斯心里一惊，因为他是捡破烂的，见了空瓶心里就痒痒，真想扑过去捡起那个瓶子，但是他没有动。他不想从这个夺走他狗的恶棍身上赚一分钱！不过他还是走近阿尔弗雷德几步，温和地看着他："阿尔弗雷德，你们想过要给陶科尔饭吃，给它水喝吗？"

"哎呀，当然，它活在福窝里，给它的肉泥没过了膝盖。"阿尔弗雷德信誓旦旦地说，"给它的水多得可以淹死它，如果它愿意。"

拉斯莫斯真心希望，他的话是真的，但他还是很怀疑。

"确确实实是这样吗？"他一边说一边盯着阿尔弗雷德。

阿尔弗雷德好像受了侮辱一样。

"你以为我坐在这儿撒谎吗？'你要永远说真话，小阿尔弗雷德，'我妈妈总是这样嘱咐我，'不过，对警察你要千方百计地撒谎……'"

他突然中断了讲话，惊恐地看着远方的小路说：

"上帝保佑，那边来了两个人！"

和蔼可亲的面孔一下子全消失了，他用铁一样硬的手抓住拉斯莫斯的胳膊并吼叫起来："坏小子，你还是报警了吧？"

拉斯莫斯挣脱他的手说：

"谢天谢地，我没有！你真的不相信，警察自己会知道去什么地方去抓小偷吗？"

"当然知道，他们总是到游乐场去。"阿尔弗雷德一边小声说一边惊慌地看着远处逐渐接近他房车的警察。

拉斯莫斯不想让自己的父亲和上士警官看见他和阿尔弗雷德在一起。

"快过来，蓬杜斯，我们赶紧走！"他快速地小声说。

他们还有时间可以溜走。在轮到阿尔弗雷德之前，警察当然还要调查很多其他的房车。但是阿尔弗雷德又死死抓住了他的胳膊。

"待在这儿别动，"他威胁说，"在他们离开前，待在这儿别动！"

这时候贝塔慌慌张张地走过来。她害怕死了，她那双水汪汪的蓝眼睛惊恐地看着阿尔弗雷德。

"警察，"她哭丧着脸说，"天啊，我害怕死了！"

"坐回房车里去，闭上嘴！面对警察和狗永远不能显得害怕，不然他们会咬你！"

这时候他本人显得一点儿也不害怕。此时他变成了与警察特别是与眼下向他走来并敬礼的两位警察毫不相干的一个勇敢的小丑。

"对不起，我们只是想进去查看一下你们的房车……纯粹是例行公事。"上士警官说。

阿尔弗雷德友善地打着哈哈：

"噢，随便，怎么例行都没关系。不过你们注点意，我老婆贝塔在里边，如果惹她生气，她会出其不意地攻击人……顺便问一问，要不要请你们喝点儿咖啡？"

"谢谢，我们是警察局的！"上士警官讽刺说。

阿尔弗雷德点了点头说：

"我猜出来了。我一看见你们穿的漂亮制服就猜出来了。看这来头儿，肯定不是两个普通的白痴。我对自己说，'一定是两个警察。'"

拉斯莫斯和蓬杜斯站在几步远的地方，尽量不动声色。拉斯莫斯感觉，他父亲一定不喜欢在这里看到他。他不好意思地看了看他，希望他什么也别说，但希望落空了。

"你在这儿做什么？"他父亲不高兴地问。

拉斯莫斯还没来得及开口，阿尔弗雷德就掺和进来：

"啊，两个可爱的男孩子，他们喜欢和一个普普通通的吞剑者聊聊天，没什么。小拉斯米丝是一个漂亮、聪明的孩子，我希望他长大以后，像他父亲那样，成为一名警察。"

"走吧，帕特里克！"上士警官说，随后他们走了进去。拉斯莫斯、蓬杜斯与阿尔弗雷德留在房车外面。

"可怜的小贝塔，但愿他们别把你吓坏了。"阿尔弗雷德说，"如果她没有什么东西可查的话，事情会怎么样呢？"

他弯下腰来,抚摸着拉斯莫斯的脸颊说:

"听我说,可怜的小家伙,你别太在意我刚才说的等你长大了也成为一名警察这句话,我的本意不是要伤害你。事情比你想象得要好,不是所有的男孩子都需要子承父业。"

"嘘嘘!"拉斯莫斯说。

"你爸爸呢,他是吞剑者吗?"蓬杜斯问。

阿尔弗雷德摇了摇头说:

"不是,他是马贩子。而我亲爱的妈妈也不是吞剑者。"

"那她是做什么的?"拉斯莫斯问。

其实他一点儿也不关心阿尔弗雷德的家庭情况,不过,如果他把跟这个小偷老头儿的关系搞得好一些,可能对陶科尔有好处。

"她也是马贩子,"阿尔弗雷德说,"你们可以想象,最会骗人的那个可爱的马贩子就是女的,就是她。她通过喂砒霜,能使所有一点儿力气都没有的老母马充满活力和会嘶叫,都能卖出去。她有一匹名为列乌努勒的母马让我记忆犹新……"

拉斯莫斯难过地扭了扭身体。他开始感到饿了,想离开。

"我们现在一定要回家吃饭了。"他说。

阿尔弗雷德显得很受伤,接着说:

"你们不想听列乌努勒的故事了?它是一匹老母马,站都站不住。但是我的妈妈,她一连给它灌了三瓶猛药,在基维克

集市上把它卖给了一位农民。"

"这样啊!"蓬杜斯说。

"对,对。当天晚上那位农民把母马列乌努勒牵回家的时候,它跑起来了,真让人高兴。"

"我们现在必须得走了!"拉斯莫斯说。

阿尔弗雷德不管别人愿意不愿意听,只顾自己讲,而且声音越来越高:

"但是第二天那匹母马就趴在农民家的马厩里,动弹不了啦。"

"那位农民没生气吗?"蓬杜斯问。

阿尔弗雷德耸了耸肩膀说:

"他生不生气,关我亲爱的妈妈什么事?过了几天她遇到了那位农民,这时候她客客气气地问,'啊,那匹母马怎么样?可爱的列乌努勒还好吗?''还好,谢谢。'农民说,'如今它每天可以趴一两个小时。'"

因为没有别人笑,阿尔弗雷德就自己穷开心,直到他身后的门开了。

"啊,我们的高级警官来了。"他说,"你们找到什么东西了吗?"

"您已经被告知,这纯粹是一项例行检查。"上士警官严肃地说。

阿尔弗雷德用双手抓了抓长满毛的胸脯,狡猾地朝上士警

官挤了挤眼。

"好,好,我有时候也作一些例行检查,没有找到过什么东西。你们到底要找什么?我听说一大批银器被偷了?"

"是这样。"上士警官点一点头。

拉斯莫斯被阿尔弗雷德的厚颜无耻震惊了。这个老小偷竟敢戏弄爸爸和上士警官叔叔!他的言行举止把自己的丑恶嘴脸暴露无遗,他的眼睛闪耀着无耻的光,奸笑时露出一口白牙。

"对,对,有很多可耻的人。"他说着折下一个紫丁香花枝,虔诚地闻着。

"啊呀,这些芳香的花……好啦,不过你们至少已经找到一些指纹了,这有助于你们继续查找下去。"

拉斯莫斯一惊,啊,他们在冯·荣根家里取了指纹!

"指纹,"他的父亲说,"作案者不是一个微不足道的新手,而是一个老到、熟练的惯偷。"

阿尔弗雷德把那个紫丁香花枝插到耳后,轻蔑地笑了:

"哈哈,过奖了,我真不敢当!"

"走吧,帕特里克,我们现在就走,"上士警官说,"我们有比站在这里更重要的事要做。"

"我明白,我明白,"阿尔弗雷德笑哈哈地说,"祝你们例行检查成功!"

阿尔弗雷德长时间坐在那里,看着他们离去,他朝男孩子们挤了挤眼,露出比任何时候都狡猾的神情。

"如果人们有幸不留下任何指纹,就可以长时间不犯事,我亲爱的妈妈总是这样说。亲爱的年轻朋友,永远不要忘记我这些箴言!"他说。

他站起来,用浴衣把自己更紧地裹了裹。

"走吧,贝塔,"他高声朝房车里喊着,"又到该吞几下剑的时候了!不过你们知道吗,坏小子们?"他继续说,"我很快就要隐退了,不再吞什么宝剑,最多再吞几把抹了黄油的小刀子,吞起来会很舒服。"

贝塔从房车里走出来,换上了红绸子连衣裙。她愤怒地看着男孩子们,但是没说一句话就一阵风似的走了过去。就在阿尔弗雷德准备跟在她后边走的时候,拉斯莫斯揪了一下他浴衣的带子,恳求道:

"好心的阿尔弗雷德,如果我们用名誉担保绝对不传话,我能现在就要回陶科尔吗?"

阿尔弗雷德拉紧带子说:

"不是已经说过了!星期六晚上,不提前,也不拖后!别沉不住气好不好,坏小子们!"

他们离开那里时,已经确信,阿尔弗雷德是世界上最狡猾

的恶棍，但他也有一点儿同情心。不管怎么说，陶科尔还活着，明天晚上就可以获得自由，再忍一忍吧。拉斯莫斯感到，有别人跟他在一起，可能更容易忍耐，而蓬杜斯是一个聪明孩子，他完全理解他。

"跟我一起回家吧，"蓬杜斯说，"我有猪肉薄饼，可以热一热……妈妈在忙市长家的宴会。"

蓬杜斯的妈妈是全市最好的宴会厨师，她通过给西水湾上流社会有钱人家做饭来养活自己和儿子。此时她站在市长家厨房里，正在烤的小公鸡肯定是一道美味佳肴，但是它无法与她在炉子上留给蓬杜斯的猪肉薄饼相比。

"这是世界上最好吃的饭。"蓬杜斯说。

拉斯莫斯怀着感激的心情跟他去了木匠坡。他不想回家。家里已经没有陶科尔迎接他并高兴地叫着，晚饭桌子底下没有陶科尔像一小块热炭热乎乎地趴在他的脚旁，没有陶科尔趴在他的床上，把鼻子紧贴在他的脖子上，没有陶科尔……在这种情况下他回家干什么呢？此外，妈妈肯定明白了，陶科尔肯定出了什么事，拉斯莫斯已经没有勇气面对她，只能装作什么也不知道。

在电话里装比较容易。在蓬杜斯热猪肉薄饼的时候，拉斯莫斯往家里打电话说：

"好，我们会出去找它……对，我在这里吃饭，我们吃猪

肉薄饼，蓬杜斯和我……好，我一定做作业，我们一块做。"

他放下电话，走回厨房，蓬杜斯把吃的东西已经在餐桌上摆好。

用蓬杜斯妈妈的话说，这顿饭是"一顿小小的亲切、愉快的小伙子晚餐，有先生们喜欢的饭菜"。对这两个特别的小伙子而言，几乎没有比猪肉薄饼更好吃的东西。

"你妈妈多好呀，她摊了那么多薄饼。"拉斯莫斯一边说，一边在盘子里放了一大摞猪肉薄饼。

蓬杜斯满意地笑了。真开心，这是他第一次请拉斯莫斯在家吃饭，他有很多次在拉斯莫斯家吃。

"你敞开肚子吃吧！足够我们吃的！"

拉斯莫斯没有客气。有很长时间他只想着猪肉薄饼，几乎没有想陶科尔。

但是随后，他们洗完碗、做完作业以后，拉斯莫斯沉默了。他必须马上回家，好好考虑陶科尔的事。

"你听着，"蓬杜斯说，"我们溜到地下室，看几眼那批银器怎么样？"

拉斯莫斯高兴起来，他需要做事情，每一分钟都得有事干。

"你知道吗？"他急切地说，"如果我们拿走一个银质小便壶，没有人会注意到。他们自己也不知道，到底偷了多少东西。"

蓬杜斯认为，这是一个好建议。他说：

"几年后我们把它寄给尤阿基姆的父亲,在一个纸条上写,'礼品来自一个不愿透露身份的人。'"

在这一想法的激励下,他们走进地下室。

"如果有人来,就说,安德松夫人请你帮助打扫一下卫生。"拉斯莫斯说。

蓬杜斯已经从联合废品股份有限公司取来钥匙。他说:

"对对!只要阿尔弗雷德或者恩斯特不来……他们肯定不想有谁帮助打扫卫生!"

他们笑了笑,掀起了土豆箱的盖子,齐心协力地掏放在地下室地板上的银器袋子。

"不过他们很小心,明天晚上才到这里来。"蓬杜斯庆幸地说。

拉斯莫斯有同感。他说:

"这些东西很快就会被处理掉。我想我们可以拿走一件酒壶。"

但是,要从袋子里拿东西并不像拉斯莫斯预想得那么简单。恩斯特是个很多疑的人,他说要把装银器的袋子铅封可不是随便说说。袋子上有一个非常结实的封条,只有打开封条才能拿到袋子里的东西。

"小事一桩,"蓬杜斯说,"我可以熔化几个锡兵,制作一个新的,跟原来的一模一样。"

拉斯莫斯摇了摇头说：

"不行，很容易看出来。他事先已经在上边打了印记……看起来就像一枚硬币。"

"我们或许也可以在上边打个印记。"蓬杜斯说。

"对，但是不像。他们用的是某种外国奇怪的钱币……可恶的恩斯特，他像一只老山羊那样多疑！"

他们摸了摸袋子。只能用手摸，甚至连看都看不到，这使他们非常懊恼。

拉斯莫斯思索着。

"你听着，"他若有所思地说，"我们可以从底部剪开袋子，然后再缝上。"

蓬杜斯笑了：

"我觉得，我们应该把这个想法告诉阿尔弗雷德，恩斯特那个封条也用不着了。"

弗利贝里老师经常说，有思想的人推动世界前进，拉斯莫斯就是这样的人，蓬杜斯敢肯定这一点。

"你听我说，拉斯莫斯，你就是一个有思想的人。"他说，"而我，我就是那种跑一跑腿，取剪刀、针和线的人。"

他做到了。然后他们开始行动。稍费周折以后，拉斯莫斯剪开袋子，当他们把袋子里的东西抖搂出来的时候，安德松夫人的地下室出现了片刻的宁静。

"乒乓。"拉斯莫斯最后说。

毫无疑问,这是全国最好的古银器收藏之一。藏品种类繁多,大小杯盏、茶壶、烛台和鼻烟壶,通通为银质,还有精致的银盐盒、银糖勺、银奶油罐以及普丽根反应敏感、阿尔弗雷德用来插花的精美酒壶。

"你觉得我们拿什么东西好?"蓬杜斯问,"最好拿一件不易被人发觉的小东西。"

"哎呀,酒壶就不大,"蓬杜斯说,"它比我妈妈用的旧铁钵大不了多少。"

他刚说完,就想起家里已经没有妈妈那个旧铁钵了。上星期他已经把它放到废品库去了,妈妈已经买了新的,更加小巧好用。

铁钵!它变成了启发人联想的火花。此时拉斯莫斯有了一个新的、闪光的想法。

"听我说,蓬杜斯。"他说,但随后沉默了一会儿,又想了想。

恩斯特说的那个明天晚上来取货的古董贩子……把那个装得鼓鼓的大包交给他,事先不会有人细看里边的东西。但是在阿尔弗雷德和恩斯特走之前,他们一定要把狗狗陶科尔还回来……当他们打开袋子时,陶科尔一定处于他们可能发动的各种攻击之外的地方……对,完全对……他要尽其所能,在他绝妙的想法里不能有任何纰漏。

"听我说，蓬杜斯。"他说，"我们保证不传话，但是我们没有保证不拿里边的东西。我现在想拿走全部的银器。"

"你疯了吧？"蓬杜斯说，"那你休想再要回陶科尔，要小心，别惹恩斯特和阿尔弗雷德生气！"

"他们不会发现。"拉斯莫斯一边说一边偷偷地笑，心中充满喜悦。

蓬杜斯露出惊异的表情。

"他们不会发现吗？"

拉斯莫斯打断他的话。

"等他们发现已经晚了，"他说，"联合废品股份有限公司……我们库房里不是有很多废品吗，足够填满这个袋子吧？"

蓬杜斯站在那里，好像挨了一闷棍。他已经笑不出来，只是默默地看着拉斯莫斯。他真服了，而且比任何时候都更加确信，拉斯莫斯属于推动世界前进的那种人。

"坏小子要永远乐观。"这是阿尔弗雷德说的……很可惜，他无法看到，他们现在是多么高兴，他们两个人正抱着银鼻烟壶、烛台和酒壶等迅速往返于安德松夫人的地下室和联合废品股份有限公司之间。他们的工作迅速、有效。他们把银器藏在墙角的废纸和旧报纸底下，盖得严严实实，谁都不会想到底下藏着那么多值钱的东西。他们在废铁当中仔细挑选，让重量和数量都与偷来的东西一致。最后特别麻烦的是——把袋子缝

起来。

拉斯莫斯盘腿坐在地下室的地板上,像裁缝一样用针线急切地缝着口袋。

"很遗憾,我的手工从来都不及格。"他说。

"我觉得你缝得蛮不错,"蓬杜斯说,"那个玩意儿是不是叫花边?"

拉斯莫斯看了看自己的作品说:

"啊,不敢当!我想最多是装饰线,但是我不敢保证。不过现在总算缝完了。"

他们一齐动手,把袋子放回土豆箱里,拉斯莫斯轻轻拍了袋子一下,好像是鼓励性的告别:"我不知道当阿尔弗雷德找到那个封条时会说些什么。"

为了不使银器盗窃者产生不必要的怀疑,他们拿掉了废品公司的牌子。但是此时它躺在那个旧的铁钵里好像是一句简短的客气话:"如需要更多的信息,请您垂询联合废品股份有限公司。公司所有人蓬杜斯·马格努松和拉斯莫斯·佩尔松。"

蓬杜斯笑了。他说:

"对,那时候我真想看到阿尔弗雷德的表情,我确实想看。不过现在我们最好离开这里!"

啊,他为什么现在才说离开这里呢?为什么等到来不及才

说呢？已经晚了！因为就在这个时候他们听到有人从地下室的楼梯走下来。来的是两个人，其中一个说："你神经脆弱，恩斯特，你一直是这样。"

拉斯莫斯和恩斯特惊恐地互相看着。现在一切都完了。陶科尔没了。银器没了。他们已经无法摆脱困境。

"救命啊，"拉斯莫斯想，"救命啊！"

作为对他祈祷的回应，楼梯上传来一阵咚咚的响声。他使劲抓住蓬杜斯的手说：

"快走!"

他们仓皇逃命,当蓬杜斯当的一声挂上吊锁的时候,他们听到阿尔弗雷德愤怒的吼叫:"帮我一下,恩斯特!这个楼梯好像专为摔断人的腿设计的!"

最后时刻,他们得救了。他们站在自己的废品库里,心跳到了嗓子眼儿。透过墙缝,他们看着阿尔弗雷德打开了几秒钟之前他们刚刚锁上的那把吊锁。只听阿尔弗雷德叫道:

"现在你尽管看,恩斯特!"

从恩斯特嘴里传出嘟嘟囔囔不满的话语。

"现在你尽管看,"阿尔弗雷德重复着,"你不要对可怜的小贝塔总是心存疑虑……看这里,包装完好无损,封条没有被动过。"

第八章

星期六早晨醒来,拉斯莫斯第一个想法就是:今天晚上我可以讨回狗狗陶科尔!不能等到明天早晨或者下周,而是今天晚上。那时候它会重新回到我的身边!

他伸出手掌好像是在抚摩陶科尔的头。他清楚地记得,它的脊椎骨高低不平,记忆仍然留在他的手上,感觉是那么鲜活,好像陶科尔就在身边。

他非常想念它,但是很奇怪,他已经不再担心了。这一天结束时,他的一切烦恼都会烟消云散,对此他确信无疑,因此他很高兴。

他站在自己房间的窗子旁,一边吹口哨一边穿衣服,啊,这一天真不错,下雨也没关系。整个院子都笼罩在灰色的轻雾之中。花瓣从苹果树上掉下来,落在草地上,看起来就像一层白雪。这是一个多么宁静的早晨!画眉没有像平时那样歌唱,它们可能不喜欢下雨吧?在通常情况下他自己也不喜欢雨天,

但是今天下不下雨都没关系，今天他将重新得到陶科尔。

只是有一点儿可惜，他不能把这件事告诉妈妈，她为这件事很伤心，几乎都要哭了。

"它离开家的时间从来都没有这么长的时候，"她说，"整整一天一夜了……它能到什么地方去呢？"

拉斯莫斯亲昵地拍了拍妈妈的脸颊，极力安慰她。

"别担心妈妈，它一定能回来！"

这一天他在学校也过得不错，是他最耀眼的日子之一。除了一个问题以外，他答对了所有的提问，拼写作业发回来时，他只有两个错误。弗利贝里老师说，如果拉斯莫斯·佩尔松好好动用上帝给他造的脑子，他的数学一定会很好。

课间休息时，拉斯莫斯和蓬杜斯站在校园内的一个小水坑里，安静而神秘地互相谈论着，想到陶科尔和安德松夫人土豆箱里的袋子，他们就兴奋得不得了。

拉斯莫斯又不由自主地开始可怜起普丽根来。可怜的普丽根过去课间休息时总是跟尤阿基姆手拉手，但是现在她和班上的其他姑娘站在体操馆外面，与尤阿基姆保持一段距离。尤阿基姆和一位对他说的一切都报以媚笑的黑头发姑娘待在一起。这个笨蛋，他应该看到，普丽根比她可爱多了！不是因为拉斯莫斯专注女孩子长得好看不好看，当然不是，但是当普丽根身穿绿色雨衣、头发在雨天里显得格外潇洒、飘逸的时候，她是

全校园里最漂亮的,即使那个低智商的尤阿基姆也能够明白这一点。拉斯莫斯真想走过去,掐住他高贵的男爵鼻子,把他拉到普丽根身边。因为很明显,没有尤阿基姆她无法快乐。拉斯莫斯希望她像自己一样快乐,所有的人都应该快乐,妈妈和爸爸也不例外。当他将要讨回陶科尔的时候,他感到这一天如此美好。

学校刚一放学,蓬杜斯和拉斯莫斯就箭一般地跑向碾虱子人集市。

"必须搞清楚,我们在什么时候什么地点领回陶科尔,"拉斯莫斯说,"他们不能因为我们去问就生气。"

雨天的碾虱子人集市空无一人。老年人雨天不敢出来,但是在窗玻璃后边的他们好奇地看着两个人身披雨衣、脚穿橡胶雨靴,快速地从水坑中迅速蹚过去,明显是去儿童游乐场。天啊,大雨天谁逛儿童游乐场呢?

啊,下雨的时候,儿童游乐场确实是一派惨淡景象,好像整个儿童游乐场只有星期六下午开放。旋转木马静静地停着,无奈地等着顾客,摊位上那些想让人博彩的漂亮女郎因为没有生意而愁眉苦脸,那位世界著名的吞剑者阿尔弗雷德已经歇业。而远处紫丁香花丛中的房车淋着雨,陷在一片泥潭之中。惨淡和令人沮丧,已经没有任何温馨可言。

"一切好像都很凄凉。"当他们跑过来的时候蓬杜斯这样说，他们的雨靴溅满泥水。紫丁香花丛中的空气很潮湿，一串串紫丁香花沾满雨水，沉重地低着头，一碰它们就会落下小瀑布似的水滴。

阿尔弗雷德的房车门紧闭，但是拉斯莫斯还是坚定地敲了敲门。

"谁呀？"他们听到贝塔气呼呼的声音。

"是我们。"拉斯莫斯说。

门开了，是恩斯特开的门，他也气呼呼的样子。

"啊呀，是你们！"他说。

拉斯莫斯充满期待地看着他。

"啊，是这样，我们只想问一问，什么时候可以接走陶科尔？"

"为这只臭狗吵一吵还不错，"坐在桌子旁边喝咖啡的阿尔弗雷德说，"请里边坐，我们一定要好好谈谈这件事！贝塔，给这两位少爷一点儿咖啡喝！"

贝塔气呼呼地扔下两个杯子，他们乖乖地坐在床上，喝着自己敌人送的咖啡，不敢有任何抱怨。为了陶科尔的安全，他们不敢有任何其他举动！

恩斯特坐在对面的床上，毫不友善地看着他们。看的出

来，他一点儿也不喜欢这两位少爷。

"哎呀，这件事不忙，"他说，"谁愿意让你们等？谁愿意待在这个破旧的老鼠陷阱里坐以待毙？"

"老鼠陷阱？"贝塔说，"没有人要留你！没人整天坐在这里抽烟，毒化屋子里的空气，我至少会活得不错。"

"够了够了够了！"阿尔弗雷德吼叫着，"你能不能闭上你的乌鸦嘴，贝塔。恩斯特神经脆弱，这你是知道的。"

贝塔愤怒地梗了梗脖子。

"关我什么事，我不在乎。"她说。

拉斯莫斯和蓬杜斯默默地听着他们吵嘴，他们好像忘了两个少爷的存在。贝塔和恩斯特都气鼓鼓的，谁都看的出来，他们随时都有可能掐起来，只有阿尔弗雷德平静地喝着咖啡。

"我很清楚你的毛病是什么，恩斯特，"阿尔弗雷德手里拿着小蛋糕指着恩斯特说，"你应该结婚，男人老打光棍可不行。"

"对，不过没老婆可能更好。"他用挖苦的眼神看着贝塔说。

"对，是这么回事，"阿尔弗雷德附和着说，"不结婚更好。不过你可以尝试一下，恩斯特！你看我，我就在跟贝塔磨合，多亏了她。这个女人是磨炼男人的冠军！"

贝塔哼了一声,但是没说什么,屋里平静了一会儿。

"好啦,告诉我们吧,阿尔弗雷德。"拉斯莫斯试探着说,"如果我们能知道什么时候可以把陶科尔带走,大概没什么吧?"

"上帝保佑,雨下得多么大啊,"阿尔弗雷德说,好像他什么也没听见。"雨天的游乐场,几乎跟和贝塔结婚一样美好。但万幸的是,我还能有一点儿事做,挠蚊子咬的包,这样时间过得快些。"

贝塔拿出一个洗碗桶,往里边塞了很多要洗的餐具。恩斯特躺在床上吸着烟,而阿尔弗雷德挠着蚊子咬的包,用自己低沉的男低音哼唱着,但是他突然不唱了。

"上帝保佑,我确实相信,房顶开始漏雨了。"

大家朝屋顶看,那里真的有一块很大的渗水印迹。

阿尔弗雷德捋着胡子,若有所思地看着那块渗湿的地方。

"这使我想起了康斯坦丁舅舅。"他说。

随后一片沉默,大家只能听到雨水抽打窗子的啪啪响声。

"我们赶快开始建造一只船,现在还来得及。"阿尔弗雷德说。

贝塔已经开始洗餐具,溅出很多水。

"我从来没听说过你有什么康斯坦丁舅舅。"她小声说。

阿尔弗雷德不满意地看着她,摇了摇头说:

"我说女人,天地间有很多事情你没听说过,"他说,"康斯坦丁舅舅,啊……他是马贩子,跟我可爱的妈妈完全一样。"

躺在床上的恩斯特不耐烦地动了动说:

"行了,听我说,别又来可爱的妈妈长妈妈短那套了,好不好?我们的烦心事已经够多了。"

"我现在说的是我舅舅康斯坦丁,我不想别人插一杠子,"阿尔弗雷德说,"他是马贩子,还是个无政府主义者,梦想着把现存社会炸得粉碎,啊呀,啊呀!"

"是吗,你说的是真的吗?"恩斯特不高兴地说,"啊,听起来怪有意思的。"

"是有意思。"阿尔弗雷德附和着说,"真是仁爱!遇到这样的下雨天,康斯坦丁舅舅就坐在我们的房车里,捣鼓自己的小实验。他想发明一种比普通的黄色炸药威力更大的东西。"

"他成功了吗?"恩斯特问。

阿尔弗雷德点了点头。

"成功了。"他说,"成功了!啊呀,啊呀!"

他把一只手放在蓬杜斯的头上说:"你们明白吗,坏小子们?有一天晚上,我回到我可爱的妈妈家里,发现屋顶上黑了一大块,我就问:'那是什么东西?真是康斯坦丁舅舅做实验以后留下的?'这时候我可爱的妈妈哭着说,'不对,是你康

斯坦丁舅舅死后留下的。'"

但是这时候贝塔生气了。

"胡说八道,"她说,"你没有一点儿正经的!我知道,你根本没有叫康斯坦丁的舅舅!"

"雨下得多大呀,"阿尔弗雷德平静地说。他转向拉斯莫斯:

"你想知道什么?想知道什么时候要回陶科尔?今天晚上,你这个任性的小孩子,今天晚上!"

"我能从这里把它带走吗?"拉斯莫斯问。

这时候恩斯特插话了:

"不行,不准你从这里把它带走!"

他从床上坐起来:

"听我说一下,小伙子们!你们有野营帐篷吗?你们是那种有时候要在外面过夜的徒步旅行者吗?"

"对对,"拉斯莫斯出人意料地说,"我有一顶帐篷。"

"好极了,"恩斯特说,"那就赶紧回家,对你们的爸爸、妈妈说,今天夜里你们睡在帐篷里。"

"我们为什么要这样做呢?"拉斯莫斯问。

"啊,是这样。如果你们要回那只臭狗的时间太晚了,你们的父母会抱怨的。我不希望有什么抱怨……明白吗?你们可以把那只臭狗带在帐篷里,明天再回家,难道不好吗?"

拉斯莫斯想，只要和陶科尔在一起，在地球的什么地方都好，前提是陶科尔必须待在他身边。

"如果在下大雨的时候，我说我想睡在帐篷里，我知道有一人会产生怀疑，"拉斯莫斯说，"那就是我的妈妈。"

"哎呀，一个聪明、能干的小伙子骗自己可爱的妈妈没什么难的。"阿尔弗雷德认为，"如果她对这类事容易产生怀疑，你就别说什么帐篷之类的话，你可以平静地骗她说，你想坐在森林里一棵大树的树顶上看日出……想象的翅膀该用就得用。"

"你一定要永远说真话，小阿尔弗雷德，你可爱的妈妈不是这样说过吗？"拉斯莫斯反驳说。必要的时候，他确实也会开玩笑。

阿尔弗雷德满意地冷笑起来："坏小子……我听出来了，好心成了驴肝肺。"

但是恩斯特不耐烦了，他把他们推向门口：

"现在滚吧，晚上8点钟再来！"

拉斯莫斯回到家里时，全家人都在厨房。妈妈在烤面包，爸爸坐在墙角里他常坐的椅子上滔滔不绝地讲话。银器盗窃案是主要话题。他说，这是西水湾历史上最大的刑事案，警察局工作压力很大。他自己很快就得回局里继续工作，一整夜他都有公务，但是现在他有一点儿空闲时间，很愿意让妈妈了解所

有的细节。

"一定要在我正忙着烤面包的时候解决西水湾历史上最大的刑事案吗?"妈妈说。在这种乱糟糟的情况下,她的兴致肯定不大,这时候请求在帐篷里过夜肯定不好。

"你不想听一听我对这个案子的想法吗?"爸爸惊奇地问。

"啊,实在对不起,"妈妈说,"但是我总得有放烤面包饼铛的地方吧。"

普丽根笑了,这是上星期三晚上以来第一次。

"请你们蹲下,小伙子们,以便妈妈有放饼铛的地方,"她说,"不过我觉得她需要整个足球场那么大的地方。你今天生气了吗,妈妈?"

妈妈没好气地看着她说:

"没有,我没有。但是我不知道,在我烤面包的时候,你们大家为什么偏偏都挤在厨房里。"

"因为舒服、亲切,"普丽根说,"因为这里味道香。"

爸爸满意地点一点头说:"因为你像一个可爱的葡萄干小蛋糕,古兰。"

"一个愤怒的葡萄干小蛋糕。"拉斯莫斯说。

"多谢!"妈妈说,不过看不出她有真正的和解。她站在那里,默默地揉着面团,那用力的样子好像正在攻击谁。

"顺便问一句,普丽根,"妈妈说,"是你最后使用的浴

室吧?"

普丽根想了想说:"可能吧……怎么啦?"

"那我就要说,你用完后要收拾干净,"妈妈一边说一边把一个饼铛扔在烤炉上,"是想让我给你收拾干净吧?"

"对不起,"普丽根说,"我马上就……"

拉斯莫斯用面揉了一条小蛇,让它在母亲的鼻子前面爬来爬去。

"你还有什么事要唠叨,妈妈,现在可以开始了吧?"他说。

"有,对不起。"他的妈妈说,"看看食品柜的门,那会很有意思,上面布满了黑手印。"

"那是谁的呢?"普丽根问。

"我觉得应该问你爸爸,"妈妈说,"如果家里有一个当警察的,他至少可以鉴别出几个指纹。诚然这不是西水湾历史上最大的刑事案,但是搞个水落石出也会很有意思。"

爸爸笑了。

"你已经有明确的怀疑目标啦?"

妈妈只是转过头,深深地看了拉斯莫斯一眼。

"别嫁祸于人,"拉斯莫斯辩解说,"我真是无辜的,我一向用脚踢开门。"

"是这样。"妈妈刻薄地说,"这下子搞清楚了,为什么上面的油漆都飞到九霄云外去了。"

爸爸想两边讨好,他不想再听争吵。

"我可以往上面涂上一点儿新的颜色。"他说。

但是妈妈露出怀疑的神情。

"什么时候?"

"银婚之前找个好时间。"爸爸解释说。

"啊,我永远不会相信,"妈妈说,"距我们银婚只有七年了,我记得你说过,还要修一修浴室的架子……这话肯定是在'二战'爆发前一年说的。除此以外,你还要办理所有的刑事案件!"

爸爸听了变得很激动。

"你怎么啦,古兰?"

这时候妈妈眼里含着泪水看着他。

"请原谅我,"她说,"我在为陶科尔难过,我要崩溃了。我才不在乎冯·荣根家的银器呢,我希望警察局一定要找回陶科尔,这才是我想要的。"

爸爸不安地挠了挠头发。

"对,对,我的好古兰,对,对……"

"银器不管多值钱都会存在,"妈妈继续愤怒地说,"但是陶科尔是一条命,我只关注生命这类事情。"她一边说一边抽泣。

爸爸显得更不安了。

"好，好，我的好古兰，我们会尽力的，不过……"

正好这个时候电话铃响了，拉斯莫斯去接。是鲁特姨妈，想跟妈妈讲话。

"看着烤炉，普丽根。"妈妈一边说一边把两只面手擦干净，随后去了衣帽间接电话。他们知道，至少会有十分钟看不见她。

"听我说，孩子们，"爸爸低声说，"现在我们必须一起帮助妈妈。她那么伤心，我实在不忍心看下去，你们明白吗？"

他们完全明白。

"这样阴郁的气氛我非常不喜欢，"他一边说一边摇了摇头，"现在妈妈又要开始……就看你俩怎么动脑子了。"

他友善地轻拍了一下普丽根说：

"好啦，我早就发现了，别不相信。我已经看到，你坐卧不安，你也很不高兴！"

普丽根垂下眼睛。

"知女莫如父，"爸爸继续说，"不过用不着伤心，它一定会回来，我敢向你保证。"

普丽根面颊红了。

"你真的相信，爸爸？"她温柔地说。

"当然，"她的父亲说，"它一定会回来，像从前那样摇尾乞怜！"

普丽根一惊：

"你是指……陶科尔？"

"对，上帝保佑，除了它我们哪里有其他的狗？"她的父亲说，"不过现在我们首先要考虑的是妈妈。"

他朝衣帽间那边听了听。妈妈继续在打电话。

"我很担心……要能知道它是死是活就好了……最糟糕的是看到孩子们那副忧伤的样子。"

"你们听到了吧？"爸爸说，"你们可不能再是一副忧伤的样子，你们都要给我高兴起来。'陶科尔，它一定会回来，'你们要这样说，'你别担心陶科尔，妈妈。'你们一定要协助我使她振作起来，明白吗？"

拉斯莫斯和普丽根点点头。他们非常愿意尽一切力量使妈妈重新高兴起来。啊，拉斯莫斯想，我为什么不能告诉她陶科尔今天晚上就回来呢？这可能是使她重新高兴起来的正确方法。但是时机还不成熟，不过我还是尽力而为吧。

妈妈已经挂断了电话。但是过了一会儿她才重新走进厨房。她进来时，手里拿了一张纸。

"鲁特认为，我们应该为陶科尔登寻狗启事，想想看，我们自己反倒没有想到这一点。"

拉斯莫斯笑了起来。

"登启事有什么用……陶科尔也不识字。"他说,这句话还真管用,妈妈马上笑起来。

爸爸也笑了。

"哈哈,'陶科尔不识字',你真有意思,拉斯莫斯。"他说,但是他看了妈妈一眼以后立即不说了。

"好好……我们当然应该登启事。让我看一看,你已经拟好启事了?"

他伸出手去够那张纸,默然地读上面的文字,然后哈哈大笑起来。

"哎呀,亲爱的古兰,这个东西大概不能登吧?"

"她写了什么?"普丽根好奇地问。

"好好听着,"爸爸说,"陶科尔,一只粗毛达克斯猎狗走失。请给西水湾182号打电话。"

"这有什么不对的?"妈妈尖锐地说。

爸爸笑得几乎说不出话来。

"'请打电话',你是想让陶科尔自己打电话吗?"

"别这么愚蠢,"妈妈说,"我的意思当然是让拾到狗的人打电话。"

"如果没什么不当之处,就登出去吧。"爸爸说。

"文字不得超过两行，登启事要花钱的。我告诉你，如果你不知道的话。"

爸爸继续大笑。

"母亲，亲爱的母亲，谁像你这么有意思，"他说，"不过我遵命……'请打电话'，哈哈！"

"好，你就笑吧。"妈妈一边说一边用力卷蛋糕。但是就在这个时候，她停下手中的活儿，忧伤地朝前方看。

"想想看，就少了一只小狗，家里就显得空荡荡的。"她说完叹了口气。

"哎呀，你还有我们呢。"普丽根宽慰道，"我们既可以叫，也可以摇尾巴，如果你愿意的话。"

妈妈瞪了她一眼，但是普丽根并没有到此打住。她接着说：

"顺便说一句，我不知道，这类达克斯猎狗是不是人类最好的狗，它们太不起眼了。我们完全可以搞到一只大猎犬代替它，那样不是更有意思吗？"

这时候爸爸不安地清了清嗓子……他当然不认为这是让妈妈振作起来的好办法。

"真奇怪，你的兴致那么好，普丽根。"妈妈说，但是看的出来，这不是她的真心话。

"哎呀，妈妈，不管怎么说，一只小狗走丢了总不是什么

大难临头了吧,"拉斯莫斯一边说内心一边默默祈祷,"原谅我,陶科尔……你知道,我这样说只是为了让妈妈振作起来。"

妈妈用眼瞪着他,说:

"你怎么可以这样说你的狗?"

她把最后一个烤面包的饼铛放进炉子里。

"我现在终于明白了,这个家只有我想着陶科尔。可怜的小陶科尔……不过它可能已经死了,不再需要什么怜爱。"

妈妈说这些话时,拉斯莫斯的心冷到了冰点,但是他没有显露出来。

"好啦好啦。像奶奶经常说的,大家都得往那条路上走。"他轻描淡写地说。

但是他实在不应该讲这句话。

妈妈嘭的一声关上炉门,她站在地板中间,一个挨一个地看着大家说:

"你们今天到底是怎么啦?你们还有没有心肝?难道真的只有我爱陶科尔吗?"

全家人都显得很悲伤……要让她振作起来实在很困难!或许是因为他们想的办法不对吧?

"可怜的小陶科尔",妈妈用颤抖的声音说,"我似乎看到它孤单、茫然地走在雨中……它用那双善之又善的眼睛看着它遇到的所有人,但是没有人明白,它在乞求人们帮助它找回

家。"

"算了算了!"拉斯莫斯没好气地说,普丽根瞪大了眼睛。

"帕特里克,你还记得那次你生病,它是多么可爱吗?"妈妈继续说,"你还记得当时它歪着头趴在你床边的地板上,不住地看着你吗?啊,这只狗,它多聪明!"

"啊呀啊呀,"爸爸说,"记得,我当然记得这回事……啊呀啊呀!"

拉斯莫斯叹息着,那深深的叹息如同哭泣。

"算了,登启事没什么用了。"妈妈慢慢地说,"我内心觉得,它孤零零地躺在某个地方,一只孤苦伶仃的小狗……它闭着眼睛,静静地躺着……它永远永远不能再叫了。"

"啊呀,妈妈!"拉斯莫斯叫喊着,他大声哭起来,普丽根痛苦地哽咽着。

"啊呀,啊呀,"爸爸说,"啊呀,啊呀,好,不管怎么说,我们一定要为它登启事。"

他清了清嗓子,朝电话机走去。他们静静地坐着,听他怎么打电话:

"是西水湾报吗?"他说,"对,这里有一个启事……讲话的是帕特里克·佩尔松警官。内容是'陶科尔……粗毛达克斯小猎狗……'"他开始说,但是他说不下去了。他平静了一下,然后接着说,"一只粗毛达克斯猎狗走失!"他差点儿喊起来,

但是他的声音听起来很沙哑,下面的话一点儿也听不见了。

"请打电话……西水湾……182号。"

"不,帕特里克,别哭!"妈妈喊叫着。但是她自己却哭起来。而普丽根和拉斯莫斯也跟着哭起来。

第九章

五月那个特殊的星期六,天气预报说,这天有雨,傍晚逐渐转晴,这次总算报对了。晚上7点钟的时候,太阳出来了,天空晴朗无云。就连佩尔松家也如此,烟消云散,至少雨停了,也没人再哭。他们吃了一顿好饭,爸爸返回警察局,继续为荣根家的案件奋斗,妈妈和普丽根坐在起居室,拉斯莫斯站在厨房里,往面包上抹黄油,煮巧克力饮料,为夜间的行动作准备。

"蓬杜斯和我打算出去,住一住帐篷。"他急急忙忙地对妈妈说,以便让她明白,此事已经决定,没有讨论余地,而妈妈没有反对。

"不过你大概没有忘记明天的春季联欢节。"她说,"如果陶科尔丢了,我们一定还要去的话,你要赶回家和我们一起去……"她补充说,并轻声叹了一口气。

"没问题,我们一定要去参加联欢节。"拉斯莫斯说,

"我会早早在家等着……陶科尔也去,我保证!"

谈到联欢节,普丽根的脸上立即出现了一道阴影,她伤心地扭过头去。拉斯莫斯很同情她。这场欢乐的联欢节是她期待已久的,到时候叮叮当当乐队将向整个西水湾展示自己的才艺……如今善良的普丽根将坐在舞台上,和廉价出卖她的尤阿基姆挤在一起,她真可怜!

拉斯莫斯内心暗暗斥责那个愚蠢的尤阿基姆,他一边站在厨房收拾自己的背包,一边用半个耳朵听她们在起居室里的谈话。

"你今天晚上做什么,普丽根?"他听见妈妈说。

"没什么特别的……我待在家里。"普丽根说。今天是周末,现在是春天,一切都是美好的,但对她来说却成了灾难!拉斯莫斯很明白,春天对于坠入爱河的人来说有着特别的意义。在他的记忆中,普丽根周末晚上从来没有待在家里过,唯一的一次例外是她得了腮腺炎,当时她的脸肿得像头小猪。

他把头伸进起居室向她们说再见:

"拜拜啦!我们明天见!"

随后他骑上自行车,到木匠坡去找蓬杜斯,车上驮着帐篷、背包和睡袋。8点钟,他们准时到了阿尔弗雷德房车外。

雨后的游乐场重新热闹起来。此时已经是周末的晚上,旋转木马处的音乐声在碾虱子人集市上空飘荡,周围很远的地方

都能听到,对人有很强的感染力和诱惑力,好像在说:"来吧,想欢度周末的人,所有想坐旋转木马和想最后碰一碰运气的人!来吧,过时不候!"

对,过时不候。因为今天夜里,当旋转木马停止旋转的时候,游乐场将转移到下一个地点。所有漂亮的摊位都要拆掉,房车将被费力地拖出泥塘,驶向别处,留下的只有紫丁香花树、几个空啤酒瓶、少许废纸和几串被碰掉的紫丁香花。

游乐场将撤离,明天在西水湾将举办学校大型联欢节,没有人跟它竞争了。不过其他地方的人大概想去坐旋转木马和碰运气。但他们无论如何也看不见那位世界著名的吞剑者阿尔弗雷德了。据说他因为健康原因,中止了合同。他说他得了贫血症……"那些质量极低劣的宝剑含铁量不像人们想象得那样高",他向愤怒的游乐场老板建议,赶紧找一位舞蛇女郎代替他。

今天晚上,阿尔弗雷德将在西水湾进行最后一场表演。无比正确,西水湾居民有幸欣赏他的答谢与告别演出。这位世界著名的吞剑者非常喜欢这座小城,他说,他在这里的生意比欧洲大多数国家的首都都做得好。

"大型答谢与告别演出9点钟开始,现在就买票吧……"阿尔弗雷德的那位红衣助手站在他的帐篷外面高喊着,"不要挤,不要挤,大家都有座!"

但是吞剑者本人却没露面。

拉斯莫斯和蓬杜斯来到那里时,他也不在自己的房车里。那里只有恩斯特。

"啊呀,是你们!"恩斯特说。有一段时间他什么也没再说,拉斯莫斯和蓬杜斯只好静静地站在门外等着。拉斯莫斯感到,他的心在咚咚地跳,如果不能尽快知道陶科尔在什么地方,他真要发疯了。

看样子恩斯特好像也要发疯了。但是他们不知道他是因为生气还是高兴。他似乎憋着某股子劲。他很不友好,这不用说,但是很明显,他内心暗暗高兴,从他可耻和贪婪的眼睛就可以看出来。他掌控着银器袋子,为此他非常高兴,今天晚上要来的那个古董贩子会把货全部买下。"乒乓,当古董贩子看到袋子里的银器时,他会露出怎么样的表情。"拉斯莫斯想。但是他却高声说:

"啊,这回我总可以知道,你们把陶科尔弄到哪里去了吧?"

恩斯特坐在床上,鼻子动了动,不慌不忙地说:"有一两件事我希望你们先搞明白。"

"什么事?"拉斯莫斯问。

恩斯特瞪着眼睛看着他。

"你们跟自己的父母说了没有,今天夜里你们不回家?"他问。

"说了,我带了帐篷。"拉斯莫斯急切地说。

恩斯特露出一丝微笑。

"是吗,好,这样就不会让你们可怜的父母担心了。其实用不着了,你们现在就可以要回那只狗。然后你们想干什么就去干什么,随便……跳河也可以,如果你们愿意!"

他沉默片刻,然后转向拉斯莫斯说:"啊,你一定能要回你的狗,尽管你本来应该挨一顿臭揍……而你也一样。"他又对蓬杜斯说,"但是有件事你们要记住!如果事后你们敢吭声——不管过了多久——给我们惹麻烦,那我就会到这里,或迟或早把那只臭狗弄死,明白吗?"

"明白,"拉斯莫斯愤怒地说,"弄死,弄死,我觉得你说来说去就这一句话!"

"滚吧,"恩斯特说,"现在还不到你要回狗的时候。"

这时候拉斯莫斯沉默了。恩斯特瞪着他们。

"你们知道有一个叫草地房的地方吗?"他最后问,"贝塔认为你们肯定知道。"

"是桦树洞上面的那个荒废院子吧?"蓬杜斯迅速说。

恩斯特点一点头。

"不错,在城北几公里的地方。那你们知道我的意思吗?"

拉斯莫斯的眼睛潮湿了。

"陶科尔在那里吗?它一直待在那里……孤单一人?"

恩斯特又点了点头。

"对……那为什么你们来这里瞎掺和?不过狗没有受什么罪。赶快到那里去接它吧!它在阁楼上!"

拉斯莫斯把拳头伸到恩斯特鼻子底下。

"好,我们一定去接它。如果它有半点闪失,我就回来,咬掉你的鼻子,坏家伙!"

恩斯特冷笑起来:

"快走吧!"他们骑着车走了。

他们后来参加环西水湾少年越野赛时,骑车的速度也没这么快。桦树林路途狭窄、弯曲,他们只好曲线前行,碎石子在后车辘轳周围飞溅。他们一个人也没遇见。这条路人多时会有一两辆农民的马车经过,但是周末晚上的这个时候什么车也没有。

"你听我说,"蓬杜斯喘着粗气说,"安德松阿姨小的时候住过草地房,这是她跟我讲的。那时候,贝塔肯定也住在那里。"

"对,贝塔,她肯定能找好最佳隐藏地点。"拉斯莫斯刻薄地说。他趴在车把上,不停地加速,再加速……要尽快到达,尽快到陶科尔身边!

最后一段路他们只能步行。穿过森林的小路长满杂草,直通一个荒废的破旧院子,但小路是石子铺成的,上面布满树根,骑车无法通过。他们把自行车迅速藏到几棵杜松后边,继续往前跑。很快树木逐渐稀少,春天黄昏中的草地房出现在他们的面前,灰暗、破败而宁静地坐落在长满苔藓的古老苹果树之中。苹果树坚定地站在那里,寂寞无主地开着花,没有人关

心它们是否结了果实。已经有很多年没有人住在那里,很久很久以前那个小小的牛棚里有过奶牛的叫声,已经很久没有小孩子爬上长满苔藓的石头墙,去采长在旁边的虎耳草花了。不过谁知道呢,说不定贝塔曾经在这里跑来跑去,她当时大概还是一个乖孩子,和安德松夫人一起在地下室后边搭玩具房子玩……后来她长大成人,变成了阿尔弗雷德愚蠢、肥胖和令人讨厌的贝塔。

阁楼,他曾经这样说,恩斯特!他们从石头墙上的门洞冲了进去,很久以前那里有一个门。他们跑了几大步就到了那个已经腐朽的廊桥上,他们打开那个笨拙破旧的大门,开的时候它嘎吱嘎吱地响,好像不愿意被人打开。此时他们站在昏暗的前厅,眼前是一个通向阁楼的狭窄、陡峭的楼梯,陶科尔就在上面的某个地方……拉斯莫斯紧张得脸色苍白。

"它怎么不叫?"他心情紧张地说,"好陶科尔,好陶科尔,快叫,听到你叫,就知道你还活着。"他内心祈祷着,用颤抖的双腿跑向楼梯。

阁楼里很昏暗,但是从一扇小窗子照进来一点儿可怜的亮光,他能借此看清楚脚下的路……啊,陶科尔,你为什么不叫呢?他拉开阁楼的门。

转瞬间他发出一声哀叹,蓬杜斯听到以后不知所措,多让人伤心啊。

"蓬杜斯,它没有在这里!"

"没在?"

"没有。"是阿尔弗雷德的声音,他在这里,真有意思。他们听到一个熟悉的声音,从阁楼漆黑的角落里冒出一个他们熟悉的人来,他们曾多次试图摆脱他。

拉斯莫斯气疯了,他像一只野猫扑向阿尔弗雷德。

"陶科尔在哪儿?"他喊叫着,"我现在一定要找到它,你明白吗?你这个小偷老头儿,不然我就去报警!"

"真有意思,"阿尔弗雷德说,"安静,别出声!对于一个永远都安静不下来的固执小孩子,日子怎么过呀?"

蓬杜斯也生气了。他推开拉斯莫斯,自己站到阿尔弗雷德

面前。

"他一定要讨回自己的狗，"他一边说一边瞪着阿尔弗雷德，"不然的话会有不幸发生。"

"当然，"阿尔弗雷德说，"他一定要讨回自己的狗，在这件事情上我们相当一致。只是时间上我们要谈一谈。"

他把他们推向眼前的房间。

"现在请进吧，我们一定要谈一谈！"

他们气得忘记了危险。直到阿尔弗雷德锁好门，把钥匙放进口袋里，他们才恍然大悟，和阿尔弗雷德这样的恶棍关在一个偏僻的地方是非常危险的。

"你把门锁上干什么？"拉斯莫斯高声说。

阿尔弗雷德歪着头，朝屋里的四周看了看。他说："这里难道不是一个很舒适的地方吗？"

"不是，这里不是什么舒适的地方！"拉斯莫斯说。

这是一个空房间，脏兮兮的壁纸已经退色，地板也很脏，说这里舒适很难让人理解。

房间里还有一个开口炉子，烟熏火燎的。很多年以前，人们曾经用它生火，做饭，但是灶台上放着一件东西，肯定是刚放上去的，是一个精制的白色纸盒，有"埃林·古斯塔夫松炊具与饮食公司，大长街13号，西水湾"等字样。

"你们是被宠坏的坏小子。"阿尔弗雷德说,"真糟糕,你们不喜欢这个房间,原本希望你们在这里过夜的。"

"好,你可以这样想!"拉斯莫斯高声说。

阿尔弗雷德点了点头说:

"我的想法是不错。不过是恩斯特先想出来的,他有很多奇思妙想,这个恩斯特。"

"我已经厌烦了这一切,"拉斯莫斯喊叫着,"你和恩斯特就知道撒谎、骗人!"

阿尔弗雷德诡秘一笑:

"对,我们是撒谎、骗人了。不过你不要为此生我们的气。你知道,这件事对我们来说非同小可,我们必须要谨慎再谨慎,不能……哎呀……有任何闪失。"

"什么……闪失?"蓬杜斯问,"你什么意思,小偷老头儿?"

"我们溜走之前可能会碰上一半个警察,所以要等到明天你们才可以要回那只丑陋的小狗……所以你不能说'小偷老头儿'!"他用责备的口气对蓬杜斯说。

拉斯莫斯被气得直打战。

"但是你们已经答应过了,"他喊叫着,"而我们也答应不传话,我们说的话你们听到了吗?"

"听到了,听到了。"阿尔弗雷德说,并挥动大手让他别激动,"诺言固然不错,但是一把好锁更牢靠,我可爱的妈妈

一直这么说。"

拉斯莫斯被气疯了。

"好,那样的话,我就收回我作的所有保证,你听清楚,小偷老头儿,我收回所有的保证!"

阿尔弗雷德只是笑。

"好,真有意思,你可以坐在这里,一整夜时间,爱收回什么都行。反正现在我已经把你们锁在屋里了,明白吗?"

拉斯莫斯气得都快哭了,他感到难以忍受的无助。

"不过明天一大早,贝塔会来开锁。"阿尔弗雷德得意地说,"当她看到自己童年的家时,一定会很激动,小贝塔。"

他沉默片刻,随后高兴地大笑起来,并神秘地降低声音,说:"在此期间,恩斯特和我将远离这里。不过贝塔被蒙在鼓里,她以为我们会坐在树丛中等她,这个可爱的小傻瓜。相反,我们会突然消失。因为现在,我不想再练功、吞剑,我想一个人坐着喝啤酒。我要到一个很远的城市去,你们连城市的名字也没听说过,坏小子,一个很远很远的城市,老阿尔弗雷德坐在那里喝啤酒,自由、快乐!"

"好,那陶科尔呢?"拉斯莫斯喊叫着。

"它也自由了,"阿尔弗雷德说,"它可以喝啤酒,如果它愿意。到这边来,小拉斯莫斯,我告诉你,你的狗在什么地方。"

他把拉斯莫斯拉到窗子旁边。

"你看到那边那个地下室了吗,坏小子?谁会相信,那只狗坐在肉馅里享福呢。"

他把窗子开得很大,接着说:

"听一听那个小畜生在怎么叫吧!"

拉斯莫斯听见陶科尔在叫。声音有些压抑、郁闷,但确实是陶科尔的叫声,他不会听错。他想立刻从窗子跳出去。在近两昼夜的时间里,可怜的陶科尔一直被圈在那个旧地下室里,现在阿尔弗雷德希望,它在那里再待一整夜……尽管拉斯莫斯近在咫尺,啊,却无能为力,真让人难以忍受!一切都是那个大公牛阿尔弗雷德的错!

他用愤怒的目光瞪着阿尔弗雷德。

"别对老阿尔弗雷德生那么大的气,"阿尔弗雷德用讨好的口气说,"阿尔弗雷德是孩子们的好朋友,好到几乎不明智。请看我给你们带来了什么,免得你们饿死,坏小子们!"

他拖着脚步,走到那个开口炉子跟前,打开那个纸盒上的绳子说:

"难道我这双可爱的小手没给你们带来奶油蛋糕吗?啊,我本来只想给你们买三明治,但是这次你们运气好,整个西水湾没有卖三明治的。"

他端起纸盒,让他们看里边的东西:

"看这里！埃林·古斯塔夫松顶级奶油蛋糕，所有坏小子都喜欢吃这种蛋糕。"

盒里边确实是一个精美蛋糕，毫无疑问，名副其实的埃林·古斯塔夫松蛋糕，上面点缀着雪白的奶油和鲜红的里脊肉片。

但是拉斯莫斯怒气冲冲地看着蛋糕。他来这里是为了要回陶科尔，而那头愚蠢的公牛却相信，他可以用奶油蛋糕收买他！

阿尔弗雷德一步一步走近他，把纸盒直接放到拉斯莫斯鼻子底下，歪着头，满脸堆笑地说：

"你喜欢奶油蛋糕吗，小拉斯莫斯？"

"少来这一套！"拉斯莫斯说。他想也没想，就双手抄起纸盒，朝阿尔弗雷德砸去，蛋糕直接扣在他的脸上。

"噢呀噢呀！"阿尔弗雷德喊叫着。

蓬杜斯偷偷地笑了。但是阿尔弗雷德的声音压过了他的笑声。他像一头发怒的狮子吼叫着，一边骂一边从脸上往下弄蛋糕。他双手沾满蛋糕，朝周围乱甩，蛋糕渣四处飞溅。在此期间，蓬杜斯一直心情紧张地靠着墙偷偷地乐。

拉斯莫斯既没有笑，也没有害怕，只是生气。

"我不想要什么奶油蛋糕，我只想要回我的陶科尔！"他喊叫着。

阿尔弗雷德半闭着眼睛看着他,眼眶周围都是蛋糕。

"如果不良儿童教育委员会知道你的所作所为,他们会高兴得跳起来。"

他掏出一块手绢,擦干净残留在脸上的奶油。只有在头发根上还剩下一道白色的奶油,其中一只眼里还有一点儿鲜红的里脊肉。

"我很快就要举办一场大型的感谢与告别表演,臭小子

们!"他一边说一边不满地看着拉斯莫斯。不过他的怒气已经消了,可能他内心认为,战争中一切手段都可以使用,扔蛋糕也不例外。

蓬杜斯继续默默而沮丧地笑着,阿尔弗雷德瞪了他一眼。

"总算还有点儿意思,真有人兴致不错。"他说,"坏小子们,你们实在缺乏教养,这是全部错误的根源,代我向你们可怜的父母问好。"

他生气地摇了摇头。

"啊,如果你们的妈妈像我妈妈那样可爱就好了,她很会管教孩子,有铁手腕,她的十八个孩子都被她拧过耳朵。"

"对你来说拧耳朵可能帮助不大,"蓬杜斯说,"不过我希望她无论如何要好好管教管教你。"

阿尔弗雷德点头表示赞同。

"上帝保佑,她对我的管教是那么严厉!不过她的手指也很厉害。瑞典手指拉钩冠军……那是 1912 年在西维克斯集市上获得的。"

拉斯莫斯没有听他讲话,而是站在窗子旁边,默默地估算着到地面的距离。但是阿尔弗雷德发现了他的举动,警告他。

"别瞎想,"他一边说一边用手指捅了他一下,"你只会摔断脖子……跟我可爱的妈妈那次做的一样。"

"让你可爱的妈妈见鬼去吧!"拉斯莫斯说。

阿尔弗雷德露出一副委屈的样子。

"哎呀,你这个拧小子……"

"真的,你妈妈从窗子往外爬时摔断了脖子?"蓬杜斯多嘴多舌地问。拉斯莫斯大概又有了锦囊妙计,在这种情况下最好让阿尔弗雷德有点儿事儿干。

阿尔弗雷德摇了摇头。

"没有,当然没有……不过她年轻的时候经常从窗子爬出爬进。啊,她很灵敏,就像一只小猴子!啊,那次是我们去赛夫勒骡马市赶集的路上,她摔断了脖子。啊,每次想起来我都想哭。"

他靠在炉子护圈上,忧伤地看着前方:

"你知道吗,小蓬杜斯……那是十一月份一个漆黑的夜晚,我们赶着马车走在赛夫勒公路上。突然妈妈唱起了'野蛮的灵魂在抱怨',上帝保佑,她本来不应该唱!"

他深深地叹了口气接着说:

"不应该,她实在不应该!发生了什么事,你知道吗?啊,我们的马惊了……她的歌声把马吓惊了,我可爱的妈妈……就这样,上帝保佑,多么不幸,我们的马车翻下了峭壁,我可爱的妈妈躺在那里,脖子已经摔断……你也面临着同样的危险,拉斯莫斯,如果你相信自己可以从这个窗子逃出去的话。"

"这不关你的事!"拉斯莫斯说。

"对,那你就去摔断脖子吧。"阿尔弗雷德说,"小孩子反正有很多很多呢,不缺你一个。"

他转向较懂事的蓬杜斯说:

"啊,她是一位伟大的女性,我可爱的妈妈。那个秋天的夜晚,我跪在她身边,雨水哗哗地浇在我们身上,风呼呼地吹着,我可爱的妈妈摔断了脖子。'一定很疼吧,亲爱的妈妈?'我一边说一边哭。'不疼,小阿尔弗雷德,'她说,'一点儿也不疼,我只是笑的时候才疼。'她说。这是她最后的遗言。"

他用手绢高雅地擦了擦鼻涕说:

"啊,她是我引以为豪的母亲,"他说,"像我可爱的妈妈这样一位妈妈,每百年才诞生一个。有时候一百年也没有一个。"

他狡黠地看了蓬杜斯一眼,从裤兜里掏出一把钥匙:"亲爱的坏小子,我现在得走了。有一位可爱的叔叔用小汽车来接我。我一定得到儿童游乐场作最后一次吞剑表演。不过也就几分钟的事,然后……"

他高兴得做了个山羊跳,随后转向拉斯莫斯。

"这是地下室的钥匙,"他说,"明天你就可以要回你可爱的陶科尔,我却会失去贝塔了。想想,人生多无常呀!"

他试图抚摩一下拉斯莫斯的头,但拉斯莫斯迅速把头扭到旁边,他不想让他抚摩。

"坏小子们,我们大概永远也不会再见了,我希望是这样。"阿尔弗雷德说,"但是当我坐在你们从未听说过的那座遥远的城市喝啤酒的时候,我也许还会想起只用一只眼睛看我表演的拉斯莫斯和蓬杜斯。"

"小偷老头儿,"拉斯莫斯说,"我一点儿也不想再见到你。"

阿尔弗雷德咯咯地笑了。

"我也希望是这样。"他说。

他转身走了,他们站在那里,听他用钥匙转动门锁走下阁楼的楼梯,然后自如自乐地哼着歌:

啊,我的妈妈,勾手指比赛冠军,

啊,我的妈妈……

他随手关上风门,他们再也听不见他的声音了。他们冲到窗子旁边,看着他走到黄昏中的苹果树下。他在那个古老的地下室旁边站了片刻,然后转过身,朝他们挥了挥手。他穿过墙洞,消失在远方。

随后那里只剩下长时间的沉默。他们还留在窗子旁边听动静,结果一点声息也没有。那里绝对安静,不要说人的声音,连陶科尔的叫声也没有。这是一个平静而美丽的夜晚,太阳已

经落山，只在天空留下几抹红色的晚霞。雨后空气清新，还有一点儿甜味儿。夜晚的薄雾慢慢爬上来，占据了这座破败的院落，弥漫在几栋灰色老房子之间的地面上，像绒毛一样伏在远处石头墙旁边的虎耳草花上。

"啊，那就晚安吧。"蓬杜斯说，"那个奶油蛋糕实在太可惜了，夜里3点钟的时候，吃一块会很开心的。"

拉斯莫斯摇摇头说：

"你大概不相信我们夜里会待在这里吧？"

"不待在这里，我们还能做什么呢？"蓬杜斯说，"大概不会有人来这里把我们救出去。"

拉斯莫斯同情地看着他，可惜蓬杜斯没有明白他的意思。"啊呀，我们睡在这里跟睡在帐篷里一样好，"他说，"如果睡袋在这里，而不是在自行车后架上，那就更好了。"

"你用不着再惦记那个睡袋了。"拉斯莫斯说，"恩斯特和阿尔弗雷德回来时，你马上就用不着什么睡袋了。"

蓬杜斯睁着大眼，惊奇地看着他。

"回来？"

"对，"拉斯莫斯刻薄地点一点头，"你觉得，他们不回来会做什么呢？住下来，开废品店吗？"

这时候蓬杜斯又开始笑了："上帝保佑，我怎么没想到。"

"不过这是能想到的唯一开心的事情。"拉斯莫斯说着也

咯咯地笑起来。

"我能够想象得出,他们打开袋子时的情景。我似乎能听到阿尔弗雷德说'封条完好无损,我可爱的妈妈总是这样说……'"

"随后恩斯特剪开封条。"蓬杜斯说。

拉斯莫斯满意地点一点头说:"那个要买赃物的坏蛋站在旁边,睁大眼睛看着。"

"对对,"蓬杜斯说,"阿尔弗雷德把手伸进去拿酒壶……"

拉斯莫斯笑得直打嗝:

"拿出的却是妈妈的旧铁钵……这个东西一定能让他很开心!"

"然后他们读我们写的那张纸条,真有意思!"蓬杜斯高兴地说。

但是拉斯莫斯严肃起来:

"对,不过当他们气鼓鼓地回来时,如果我们仍然被锁在这里,那就不再开心了。我们一定要想办法逃出去,明白吗?"

蓬杜斯明白了。

这时候陶科尔又叫了起来,只是一声很短、很无奈的叫声,好像它知道叫也没什么用。

拉斯莫斯从窗子探出头去。

"啊，陶科尔，我来了！"他使出全身力气高声喊着。

随后他陷入了沉思。

"我来了，摔断脖子也得干。"他小声说着。

他又考虑了一会儿，满怀希望地看着蓬杜斯。

"你听我说，蓬杜斯，把我们的裤子拴在一起就能下去！"

"那就拴吧。"蓬杜斯说，"我不相信我的裤子禁得住，不过我们总可以试一试。"

他迅速脱掉裤子。他完全可以为了陶科尔牺牲一条旧牛仔裤，尽管只穿一条短小的裤衩骑自行车穿过整个西水湾是一次不雅的经历。

"真走运，我们俩都长了长腿。"拉斯莫斯说的时候，满意地看了蓬杜斯一眼。他的腿很长，就像一匹小马驹，从裤衩底下露出来。

"啊，我们要把自己的裤子改成救生索……"蓬杜斯说。

然后他静静地站着，看着拉斯莫斯打了一个结实的扣，把两条裤子做成救生索，牢牢地固定在窗子上，但救生索离地面正好还有一半的距离。

"这意味着，我们不得不从差不多两米高的地方跳下去，我们不会摔死的。"拉斯莫斯说。

蓬杜斯也不相信会摔死。

拉斯莫斯骑在窗台上。

"小拉斯莫斯来了!"他一边说,一边不假思索地抓住裤子救生索滑了下去。救生索嘎巴嘎巴直响,但是没有断。他尽量往下滑。他闭上眼,尽量柔软地落在地上。着地的时候,他的双脚有点儿疼,但是没有摔断腿,连擦伤也没有。

"你很灵敏,像一只小猴子。"蓬杜斯高声说,口气真像阿尔弗雷德的妈妈。

蓬杜斯已经坐在窗台上。

"小蓬杜斯也来了。"他高喊着。

拉斯莫斯朝上看着他。

"如果你不愿意,你可以不爬下来,"他说,"我可以去给你开门……不过我首先得去给陶科尔开。"

"哎呀哎呀,我也想开开心!"说着他抓着救生索滑了下去。

不过这个时候拉斯莫斯已经踏上了去地下室的路。

"陶科尔,"他高声叫着,"陶科尔,我现在来了!"

直到他看见地下室的门上那把崭新的吊锁,他才想起阿尔弗雷德给他的那把钥匙。那把钥匙他已经放在裤兜里,而裤子此时还挂在墙上,正随着晚风飘荡。

拉斯莫斯感到很内疚。可怜的陶科尔……每一秒钟都在受煎熬!

"自己怎么像只心不在焉的老山羊,"他一边生气地叨念

着一边迅速地往回跑,"可怜的陶科尔!"

他冲向阁楼的楼梯,拉开刚才阿尔弗雷德锁得好好的门,本来应该由贝塔明天来开的……啊,她自己还不知道自己已经被抛弃了!

拉斯莫斯从那扇窗子伸出脑袋,蓬杜斯看到了他。他惊奇地瞪着眼睛朝上边看。

"你觉得我们在进行体操表演吗?"他不满地说,"当心我的裤子,它只禁得住你爬一次。"

但是拉斯莫斯已经爬上裤子救生索,先紧张地在自己的裤兜里找,随后又在蓬杜斯的裤兜里找了一遍,都没有找到那把钥匙。他沮丧地跳下来,这样的事真要把他的头发急白了!

"蓬杜斯，请你看一看，草地上有没有那把钥匙？"他疯狂地喊叫着。

"我去看一看。"蓬杜斯说。他四肢着地，在地上爬来爬去，拉斯莫斯咬着自己的食指等待着。

"找到它你给我什么奖励？"蓬杜斯举起那把钥匙庆幸地说。拉斯莫斯深深地松了口气。

"奖给你一条裤子，因为你非常需要它。"他一边说一边让裤子落在蓬杜斯的头上。

他又一次站在地下室外边，听陶科尔叫，在他刚刚把钥匙

伸到锁里的时候,他就哭了。他推开地下室沉重的大门,朝密闭、黑暗的充满腐味的室内冲进去。他什么也看不见,但是听到一声痛苦的呻吟,一个粗毛、温暖的小肉球似的东西朝他扑来。这时候他哭得更厉害了,他默默地哭着,把那个肉球紧紧地贴在自己身上。

"陶科尔,多好呀,你还活着。"他用颤抖的声音说,"可怜的陶科尔,我真想死你啦……多好啊,你还活着!"

"它当然还活着。"蓬杜斯轻描淡写地说。

拉斯莫斯紧紧抱住陶科尔,伤心地抽泣着。为失去自己的狗哭泣是一码事,但是为找回狗哭泣则另当别论,后者似乎显得不够聪明,这一点他不想让蓬杜斯看出来。

"可怜的陶科尔。"他一边小声说一边把头埋在它高低不平的脊椎上。但是陶科尔愤怒地蹦跳起来。它想离开这个可怕的地方,它一获得自由,就像箭一样快地蹿出地下室的大门。直到进入离牢笼很远的安全距离之内,它才停下来狂叫。这时候它大概想再一次告诉大家,它讨厌这个地方。

但是随后它就把一切都忘了。它不是事后还老想着过去曾经怎么样受罪的那种狗。此时它又变成了一只自由、快乐的狗,只是在想它的主人下一次会想出什么好玩的事情。

他的主人偷偷地擦干眼泪,穿上裤子。

"我们现在一定要帮助西水湾的警察局工作了,"他坚定

地说,"我们走,蓬杜斯!"

他对着陶科尔吹口哨,然后说:

"走,陶科尔!现在情况很紧急,我们必须跑着去!"

第十章

在这个明亮的五月夜晚,被人遗忘的草地房静静地坐落在苹果树之间。灰色的小房子沉睡着,四周显得宁静、祥和。

真的都宁静、祥和吗?不,如果那个古老院子有守夜家神的话,他肯定认为,在墙壁之间偷偷地潜伏着不安,空气中弥漫着某种奇特而可怕的等待气氛。

但是这里没有一个活的灵魂——那么谁在等待?地下室里已经没有那只等待自由的小狗,阁楼里已经没有坏小子等待被放出来。

不对,在溅满奶油蛋糕的阁楼里确实有两个男孩子在等待!拉斯莫斯和蓬杜斯坐在那里,门锁得好好的,他们一边等待一边心焦地看手表。

在这个被人遗忘的古老院子里,今夜的等待者不仅只有他们两个。守夜的家神会发现,阴影中有人在动,有人站在那里静静地监视着这里的一举一动,旧牛棚的窗子旁边有一个,地

下室里有一个。那里已经没有那只不住声叫的狗,在所有黑暗的角落里都有人静静地站着,看着自己的手表。

随着每一分钟滴答过去,西水湾历史上最大刑事案正接近尾声,人们能感受到这一点,人们知道快结案了,只是不知道具体的时间。

被锁在一间阁楼里、等待两个疯狂的银器窃贼真不是滋味,尽管自己的父亲和一位上士警官就藏在附近的衣帽间。真可怕,坐在那里看着窗外的夜越来越黑,室内的阴影逐渐加深,最后除了黑暗中发亮的开口炉子,别的什么也分不清了。真可怕,万籁俱寂,只能听到手表发出的轻微滴答声。当得知,大概就在此刻,就在手表发出滴答响的时候,那个古董贩子脚踩汽车油门踏板朝西水湾奔来,而此时此刻阿尔弗雷德和恩斯特正偷偷地行进在穿过森林的路上。现在他们很可能像愤怒的蜘蛛正在爬通向阁楼的楼梯……啊呀,啊呀,太可怕了!

"蓬杜斯,你听到什么没有?"拉斯莫斯小声问,他有些害怕。

没有,蓬杜斯只听见在半开着的衣帽间门后边上士警官在小声说话,别的什么也没听到。

"我开始觉得自己有点儿像恩斯特。"拉斯莫斯说,"我神经有些脆弱,我确实觉得这个地方很可怕。"

不过要坐在这里是他自己想出来的主意……当时上士警官

叔叔说，要做到人赃俱获有困难。

可怜的上士警官，当他最终明白了拉斯莫斯讲的整个事件经过以后，抓了抓头发：

"上周四夜里你们俩到过冯·荣根家，现在你要实话实说。如果你们俩在蓬杜斯家的地下室里放有银器的话，上帝保佑，我就不得不拘捕你们！"

他向他们解释，什么叫人赃俱获。根据拉斯莫斯的说法，阿尔弗雷德和恩斯特已经背着一袋废品逃走，在这种情况下无法拘捕他们。而他们在作案现场没有留下指纹或其他作案证据。如果他们被审讯，完全可以矢口否认，那时候谁能证明他们是银器窃贼呢？起码自己有赃物的拉斯莫斯和蓬杜斯不能。

"明白吗，拉斯莫斯？我和你爸都知道，你讲的那个窃贼故事在我们看来都是真的，但我们必须找到证据。"上士警官接着说，"我们当然可以审讯他们，如果能成功抓到他们的话，但是如果他们死不承认，我们也没有别的办法，只得释放他们。"

释放他们！他们会跑回来打死陶科尔，不行，多谢了……拉斯莫斯只得开动脑筋想办法：

"啊，但是，如果他们回来……因为他们肯定会这样做。如果他们回来，逼迫我们说出银器的藏身之处，而你们亲耳听到了，这样就可以人赃俱获了吧？"

"对,铁证如山!"上士警官说,"他们再想否认也不行了。"

正是因为这个原因,他们此时才坐在阁楼里,爸爸和上士警官才埋伏在衣帽间。也正是因为这个原因,所有的黑暗处都布满了警察,整个草地房都在屏住呼吸焦急地等候着。

对,拉斯莫斯觉得坐在这里很不舒服,但是他也感到有一种神秘的满足感。是他、蓬杜斯和陶科尔几个小时之前风风火火跑到警察局,把事情告诉了爸爸。想想看,是他们推动了西

水湾警察历史上最大的破案工作。不过开始的时候，几乎无法让爸爸耐心地听他们讲事件经过，他只关注陶科尔。但是，一旦他真正开始明白拉斯莫斯急匆匆的讲述以后，他便当机立断，使整个警察局都行动起来，连编外的小警察都跑得上气不接下气，而爸爸和上士警官立即扑向儿童游乐园，控制住贝塔……离阿尔弗雷德最后一次吞宝剑，随后与恩斯特一起坐那位"可爱的叔叔"的汽车开溜不到十分钟。贝塔被抓的时候，她刚刚脱下那件红色绸布连衣裙，正在房车里收拾东西。可怜的贝塔，她本来还要在明天早晨去为他们开门的。现在她去不了了，她本人被关在警察局的一间号房里，不会有人过去把她放出来。

拉斯莫斯看了看自己的手表。他每看一次表，那明亮的表针就移动一点儿。但是现在已经过了12点，难道阿尔弗雷德的臭爪子，真的到现在还没摸一下那个旧铁钵吗？

"乓乓，他们真的会气死。"他兴奋地对蓬杜斯说，"我想，一上楼梯，我们就会听到他们咬牙切齿的愤怒声。"

蓬杜斯笑了，他有些紧张。

"对，但是至少与我们有关的怨恨很快就会过去。随后他们要坐几年牢。"

"对，他们只能怨自己，"拉斯莫斯说，"你听清了吧，我对阿尔弗雷德说过，我要收回我作的所有保证。"

蓬杜斯在黑暗中点点头说：

"对，你说过。因为他认为，上锁更安全，这次他自食其果。"

"我甚至认为，小偷说话也要算数。"拉斯莫斯说，"他们曾经说，我可以在今天晚上要回陶科尔。他们自作自受吧！"

尽管很紧张，他还是打了个哈欠。夜间追捕小偷很辛苦，谁也无法睡个好觉。

蓬杜斯也打了个哈欠。他们长时间背靠着墙，静静地坐在地板上干等着。

拉斯莫斯不知道爸爸和上士警官困不困。他听见他们在衣帽间里小声说话，他很想知道他们在说什么。但是他只能听到喊喊喳喳的声音，这使他更觉得困。啊呀，人怎么会困成这个样子！

突然他惊跳了起来……救命啊，现在他们来了！他睡着了吗？天早亮了……此时他们来了。啊，他听见他们在上楼梯，听见他们愤怒的声音，他的心开始咚咚地跳。蓬杜斯也爬起来了。他们站在那里，惊恐地朝房门看。衣帽间里很安静，想想看，爸爸和上士警官如果睡着了怎么办？他们突然感到，他们将孤军作战，心里真有些害怕。

但是阿尔弗雷德不是这样说过吗？面对警察和狗，人们不能表现出任何畏惧。面对小偷大概也应该这样，拉斯莫斯振作

起来,给蓬杜斯使了个眼色。

瞬间房门飞开了。阿尔弗雷德大吼一声冲了进来,恩斯特跟在他身后,脸色苍白、目光愤怒。拉斯莫斯马上镇静了。遇到可怕的事情,与其被动等待,不如直接面对。

"你们跑到这里做什么?"他说,"难道夜里也不让人睡个安稳觉?"

阿尔弗雷德立即止步,站在地板中间,紧握拳头,气得直掉眼泪。

"啊呀,"他高喊着,"啊呀,龟孙子……蛇崽子……"

拉斯莫斯直视着他。

"别再吃了,免得把你背心撑破了,你可爱的妈妈从来没跟你这样说过?"阿尔弗雷德又发出一声吼叫,而恩斯特一把抓住拉斯莫斯。

"你们的死期到了!"他吼叫着,"银器在哪儿?给你们一分钟时间!然后我就去地下室,我发誓你这辈子别想再见到你的臭死狗!"

阿尔弗雷德继续发狂。

"联合废品股份有限公司……啊,我是一个断腿的人!"他喊叫着。

恩斯特瞪了他一眼。

"闭嘴!"他申斥道,"一分钟,你们听到了吧!银器在

哪儿?"

他使劲摇着拉斯莫斯,好像他能把那堆银器从这个孩子身上摇出来似的。

"放开我,"拉斯莫斯说,"无论如何,我们没把东西放在这儿。"

阿尔弗雷德伸出大手,抓住蓬杜斯的头发,把他凶狠地拉

到身边,声泪俱下地喊道:"是你缝的口袋吗?上帝保佑,学校的手工课怎么教得这么好?"

他使劲推了蓬杜斯一把,结果他自己朝后摔倒在墙上,碰到了头,并且又一次喊叫起来:

"啊,我是一个断腿的人!"

在此期间,恩斯特继续用力地摇拉斯莫斯,比刚才还凶

猛,好像他要把拉斯莫斯摇死。

"你们到底把银器藏在什么地方啦?"

"在城里的一栋房子里。"拉斯莫斯说,"放开我!"

"是一栋什么样的房子?你家吗?你的床下?啊?你听见我说什么了……什么地方?"

"我不能站在这里说,"拉斯莫斯说,"但是蓬杜斯和我可以拿给你们。"

"你们能吗?"恩斯特反问道,随后他不耐烦地推了阿尔弗雷德一下,说:

"他说的话你听见了吗,伙计,或者你只顾喊叫没听见?"

"我听到了,"阿尔弗雷德沮丧地说,"他把银器藏在城里……这等于说还要徒步走,我恨徒步走。"

他不再哭了,只是忧伤地瞪着给他造成所有不幸的两个孩子。

恩斯特咬着指甲在思索。

他说:"好吧,我们不得不接受,尽管这样做很危险……时间很紧迫。"

他在地板上不安地徘徊了几次,不时地向拉斯莫斯和蓬杜斯投以充满厌恶的目光:

"只要我看到你们,心里就不舒服!"

"是吗?"蓬杜斯说,"对,我看到你的时候,心里也不

是滋味。"

恩斯特不听他说什么。

"听着,"他对阿尔弗雷德说,"如果你双脚实在累的话,可以直接回到汽车上。我的意思是,你要千方百计稳住他。"

阿尔弗雷德先看了看恩斯特,然后看了看自己疲倦的双脚。

"你有你的封条。"他说,"不,恩斯特,我跟着你,我是你忠诚的保护天使,保护你免受戏弄……我现在也有了一对天使翅膀,我能用它飞翔,因为鞋子太夹脚,真是这样。"

"闭嘴,"恩斯特说,"你的话太多了!"

但是阿尔弗雷德打断了他的话:

"不,我不愿意单独和古董贩子待在一起,如果能避免的话……要稳住这个人需要一大批银器。上帝保佑,一点儿货只能惹他生气和使他失去兴趣,他还会骂人!"

他自己的情绪明显趋于好转。他刚才被气得像一座火山,几次大的喷发以后就平静下来。此时能找回银器的希望使他狭窄的心胸又开阔一些。

"我们赶快上路吧。"他说,"他只想等我们一个小时,所以我们得抓紧时间。"

拉斯莫斯的后背被狠狠地推了一把。

"好啦,还等什么?"

恩斯特从后边把他们推出房门。

"我只要看到你们心里就不舒服,"他又信誓旦旦地说了一遍,"但是不管怎么说,真是天大的运气,我们毕竟把你们锁在这儿了!"

拉斯莫斯和蓬杜斯也有同感——运气不错。

衣帽间里依然很安静,所有在黑暗角落里站岗的人仍然在等待时机。上士警官已经发话,只有到必须的时候大家才能介入。小偷们现在正自投罗网。

"好吧,那我们就走吧。"当阿尔弗雷德在他们身后锁上门以后,拉斯莫斯用轻松的语调说,"不过想想看,如果贝塔来这里,而我们却走了,她肯定会大吃一惊!"

"对,想想看,她来的时候会是什么样子?"蓬杜斯故意狡猾地说,"想想这件事吧!"

想到这一点,阿尔弗雷德的情绪又明显地高了几度,他露出了神秘而十分满意的表情:

"可怜的小贝塔,啊,她一定会大失所望。不是因为坏小子们,不是因为阿尔弗雷德,都不是。只是因为这个亲切的童年老屋,它看起来会随时倒塌。"

黎明中的亲切童年老屋周围苹果花盛开,平时是一派美丽、安宁的景象,没有人能意识到,几乎整个西水湾的警力都屏住呼吸、隐藏在各个角落里。当他们一帮人走过来时,坐在

石头墙上的一只小松鼠机敏地看着阿尔弗雷德和他旁边的人，但是除此以外没有任何带气的，而地下室里很安静。

"你们当中谁有钥匙？"恩斯特问，他在地下室门前突然停住脚步。

拉斯莫斯和蓬杜斯互相看了看……让恩斯特走进地下室，一切都要泡汤了吧？

拉斯莫斯把手慢慢伸进口袋里。

"钥匙，我应该可以保留吧。"他说，"无论如何，我明天一定要把陶科尔接走，对吧？"

"拿过来，"恩斯特生气地说，"这要看你们最近一个小时的表现了。"

他一把夺过钥匙：

"不要再耍什么新滑头了，好好听我的忠告！不要忘记，有一只狗锁在地下室……明白吗？"

"明白。"拉斯莫斯说。恩斯特要能明白就好了，此时地下室里的是一只什么样的狗！已经不是名叫陶科尔的那只粗毛黑色达克斯猎犬，而是一位长着粗黑头发的强壮警察，名叫瑟德尔隆德。另外他也没被锁在屋里，如果恩斯特仔细看一下挂在地下室门上的挂锁，完全可以看到。

"赶快走！"恩斯特说。

大家按着他的意思开始动身。

一起上路的还有埋伏在各个黑暗角落里的警察。他们不动声色地紧跟着以拉斯莫斯为首的通过石头墙洞的一伙人。

"有一条通过森林的近路。"拉斯莫斯说,"走大路几乎远一倍,我们走哪一条?"

"尽量抄近路走吧,"阿尔弗雷德说,"走近路最好。""对,走近路免得碰上警车。"拉斯莫斯想。他不知道,如果他把这件事高声说出来,阿尔弗雷德会是什么表情。

和两个惯偷走在森林里,身后有一群警察尾随,感觉确实很奇怪。正是这条小路,他与妈妈、爸爸和普丽根经常走,至少每年走一次。也是在这样阳光明媚的五月早晨,鸟儿尽情歌唱,这个时候他们经常带着咖啡到森林里进行野餐。那里有一小块美丽的林间草地,长着一大片满天星,他们坐在那里听鸟儿歌唱,唱得最起劲的是杜鹃,不过不像它们平时叫得那么凄婉。

但是就在这个时候,就在他们和小偷、坏蛋在森林里转来转去时,一只公杜鹃大声叫了起来。

阿尔弗雷德学着它的叫声问道:

"咕咕,愚蠢的小杜鹃,咕咕!你觉得我还能活几年?"

这时候这只杜鹃叫了三声。

"三年?"阿尔弗雷德说,"我可不这么认为……咕咕!"

"哎呀,你能不能少啰唆两句?"恩斯特生气地说。他快速而坚定地朝前走着,阿尔弗雷德磕磕绊绊地走在石头与树根上。看的出来,他很不习惯步行。

"我不仅是一个断腿的人,"他说,"现在我的鞋还磨脚呢!"

"磨脚,"恩斯特咬牙切齿地说,"要是真没有比鞋磨脚更大的烦恼,我就心满意足了。"

可怜的阿尔弗雷德和可怜的恩斯特!他们当然有比鞋磨脚更大的烦恼!但是此时沐浴在朝阳中的西水湾就在他们眼前,

那个小小的西水湾,他们曾经在那里大肆盗窃。在其中一条小街附近,有一栋房子,猎物此时就在那里,只要来取就是了。

但是恩斯特很紧张。他站在那里咬着指甲,不安地朝四周沉睡的窗子看……难道真的没有一个人已经醒了,看着、听着,并且可能怀疑?当他们走在铺着鹅卵石街道时,发出清脆的响声,很可能会惊醒半个城的人。

啊,像西水湾这样的小城,这个时候人们当然还在睡觉,不会因为有几个人从后街走过,到一栋房子去取藏在那里的银器而早起。

其实当栗子花盛开、阳光灿烂、紫丁香香气扑鼻的时候,谁也不应该在这么好的天气里还睡觉。金银花也很香,啊,空气中突然飘散着沁人心脾的香味。阿尔弗雷德用鼻子用力吸着……啊,这些花多好啊!

在靠近享誉盛名的西水湾古老中学的一条小巷里,有一栋灰白的房子,它有着绿色的铁皮屋顶,其中一边的墙上长满金银花……那沁人心脾的香味儿就来自那里。

"好啦,我们已经到了。"拉斯莫斯说,"就在这里边。"

他把一个手指放进嘴边,对着恩斯特和阿尔弗雷德"嘘"了一声说:

"别出声……我们从后边进!"

恩斯特和阿尔弗雷德满意地点了点头。在他们充满风雨的生活中,积累了从后面进入一栋房子最安全的经验,这样不容易被发现,在绝大多数情况下他们都希望尽可能不动声色地进入房子。

但是恩斯特在最后时刻产生了怀疑,他死死掐住拉斯莫斯的脖颈。

"你保证银器就在里边吗?"他低声说,并指了指那个漆成绿色的小小后门,"你没有耍滑头吧?我希望,你没有忘记地下室里那只狗吧?"

"对,我不会忘记它的。"拉斯莫斯说,啊,他一辈子也不会忘记地下室里的那只狗!

恩斯特还是不放心。

"他妈的,我确实不敢相信!"他一边说一边不安地朝周围看了看。

但是阿尔弗雷德却很镇静:

"你神经脆弱,恩斯特,你一直都是这样!"

"好啦好啦,"拉斯莫斯说,"如果你们不愿意,用不着跟进去。蓬杜斯和我可以把东西全部拿给你们。"

这时候,恩斯特又一次紧紧地掐住他的脖颈。

"你以为可以甩掉我们,"他愤怒地说,"你们想走进去,穿过整栋房子,然后从另一头跑掉,对不对?好好听着,小家

伙,跟你们打交道的不是愣头青小伙子,别枉费心机。记住这一点吧!"

"好好,"拉斯莫斯说,"你像一只老山羊那样多疑!"

阿尔弗雷德满意地咯咯笑起来。他说:

"上帝保佑,这个技巧是我可爱的妈妈在我上小学那天教给我的。"

"请自便吧!"拉斯莫斯一边说一边痛痛快快地敞开门,"那就请进吧!"

恩斯特走在前面,狠狠地抓住拉斯莫斯的一只手腕。

"走路别说话!"他用威胁的口气小声说。

拉斯莫斯踮着大脚拇指静静地走着。阿尔弗雷德也是这样走,紧跟在后面。他踮着大脚拇指走,鞋磨脚的痛苦也可以减轻一些。蓬杜斯走在最后,随手关好那个被漆成绿色的门。

"这里黑得就好像在埃及。"阿尔弗雷德小声说。

他说得对。拉斯莫斯领着他们走过一条又窄又黑的长长通道。

"不过很快就会好起来。"他用安慰的口气保证说。恩斯特又掐了他手腕一下:

"安静……别说话……你把银器放什么地方了?"

通道的尽头又是一道门。

"在这里。"拉斯莫斯说,"放开我,我好开门呀!"

他把门打开。

走出黑暗见到光明难道不奇怪吗？这里突然变得非常奇怪、非常奇怪的明亮，在一张桌子上摆着所有精美绝伦的银器，它们在朝阳中闪闪发亮。旁边站着一个人，身穿制服，友善地微笑着。

"我的上帝，你们为什么走后门呀，"他说，"但不管怎么说，还是欢迎你们的到来！欢迎你们到西水湾警察局来！"

随后一下子发生了很多事情。

"抓住他，帕特里克，"上士警官高喊道，"他想跳窗逃走！"

这时候恩斯特已经从开着的窗子迈出了一条腿，拉斯莫斯惊奇地看着爸爸一个饿虎扑食，在最后一刹那阻止了他。

还有一个人想溜掉。阿尔弗雷德静悄悄地向那个绿漆后门移动，他已经走进那个门，但是那里有几个身强力壮的警察毫不留情地把他带回值班室。

"警察局……可爱的妈妈，"他嘟嘟囔囔地说，"我是一个断腿的人！"

但是他乖乖地伸出手，接受上士警官给他戴上的手铐。

"啊呀，现在又轮到戴上这副精制的老式松紧袖口（指手铐）了。"

他耸了耸肩膀。

"好吧，如果你被拘捕了，就认命吧，我可爱的妈妈总是这么说。"

"你从上小学那天起，有很多东西她忘记教给你了。"拉斯莫斯愤愤不平地说。

阿尔弗雷德狠狠地看了他一眼。

"对，我开始相信这一点了。她应该教我永远不要偷，而且先把那些想用一只眼看我表演的人杀掉。"

他用双手拍打自己的前额！

"联合废品股份有限公司……哎呀，我是一个断腿的人！"

"你自作自受。"拉斯莫斯尖刻地说，"像你们说的，这回我可以要回陶科尔了吧！"

"小偷注定都是傻瓜。"拉斯莫斯想。

他真想对他说，弗利贝里老师总是这么说，"开动脑筋，你们就会有办法。"如果当小偷，只能傻乎乎地进局子。可惜，小偷们不会这么想，这是他们的全部错误。大概正是因为这个原因，阿尔弗雷德才一意孤行，很少顾及后果。他稍微考虑一下，就对自己非常生气，但是随后就好像把一切都忘掉了，跟小孩子完全一样。当那些肥胖的壮汉像小孩子的时候，让人感到某种厌恶，人们永远无法知道，他们还会做什么。弗利贝里老师经常说，世界上的很多灾难都源于一部分人永远长不大，只是从外表看不出来。他指的就是像阿尔弗雷德这类人。顺便

说一句，恩斯特也属于这类人！他肯定也是一个小孩子，尽管他属于另一个类型。因此他此时站在那里，低着头看地板，浑身颤抖，感觉非常不好。

"你怎么一下子就蔫了，恩斯特？"阿尔弗雷德说，"大男子汉害怕松紧袖口啦？"

恩斯特瞪了他一眼。

"闭嘴！"他说。

但是随后不管是恩斯特还是阿尔弗雷德都不得不看另外的东西。从上士警官的房间里缓慢地走出一只小狗，一只看到自己的主人后又叫又晃尾巴的小狗。它是那么高兴。

阿尔弗雷德一愣。

"恩斯特，我们不是把这个畜生锁到地下室了吗？到底锁了没有？又亲又可爱的妈妈，这一定是只幽灵狗！"

拉斯莫斯把那只幽灵狗抱在怀里，幽灵狗舔他的脸。

"帕特里克，"这时候上士警官说，"请你给他们作笔录，然后把他们跟贝塔关在一起。"

阿尔弗雷德吓了一跳："贝塔在这儿？你们把可怜的小贝塔也抓起来了？"

上士警官点头，阿尔弗雷德愤怒地转向他。

"请记住一件事，如果你们把我和贝塔关在同一个牢房里，我就向服刑人员监护委员会投诉。"

"别担心。你们每个人会有一个单独牢房,你们大概想不到。"

阿尔弗雷德显得很感激,他顺从地接受搜查。拉斯莫斯伸长脖子看父亲从阿尔弗雷德的口袋里掏出什么东西。

"我的天啊,这是什么东西?"父亲说。他举着手给上士警官看一只灰色玩具小老鼠,上边还有一个上发条的钥匙。

"啊,这是一件很有意思的东西。"阿尔弗雷德说,"昨

天下雨的时候,恩斯特一整天都在玩它。上帝保佑,可把贝塔气坏了!"

拉斯莫斯和蓬杜斯互相看了看,蓬杜斯笑了笑,因为他想起来了,很久很久以前拉斯莫斯曾拥有这个玩具老鼠,所以他刚才笑了。

"那是我的。"拉斯莫斯说。

阿尔弗雷德点了点头。

"对,把它还给坏小子们吧,我是从他们那里得来的。"

拉斯莫斯接过老鼠,想把它当做对这位世界著名的吞剑者阿尔弗雷德的纪念!

这时候爸爸从阿尔弗雷德的上衣口袋里掏出一块表。拉斯莫斯和蓬杜斯过去看见过。这是一块廉价的银表,上面有一幅搪瓷画,已经有裂纹了。

"哎呀,我的表,你们大概不会那么没心肝从我身边拿走它吧?"阿尔弗雷德用祈求的口气说,"它是我最早的一块表,你们不能把它拿走!"

当爸爸摇摇头,把表和其他东西放在一起的时候,拉斯莫斯几乎要同情他了。

"很遗憾,很遗憾。"他的父亲友善地说,"是吗,这是一件童年纪念品?"

阿尔弗雷德看了他一眼。

"对，这是我青年时代偷的第一块表，没有办法，我有些伤感，人都是有感情的。"

恩斯特厌恶地看了看他。

"你真没劲。"他用不高不低的声音说，"你昨天还说，是从你舅舅康斯坦丁那里继承的。"

但是阿尔弗雷德没理他。他献媚地对警察微笑，已经不再是一个废人。此时他已经是一个模范囚犯，顺从、听话，准备用一点儿诙谐和幽默来取悦警察和狱监，如果可行的话。

他很快就招供了，在登记赃物时，他一屁股坐在抱着陶科尔的拉斯莫斯和蓬杜斯坐的长靠背椅上。

"好吧，那我先坐在这里跟坏小子们聊会儿天。"他说。

"你们腾一个地方让我坐下！"

"你想把我们挤走？"拉斯莫斯小声说。

"只是让你们靠边点儿，"阿尔弗雷德说，"挪一下！"

他们挪了挪，以便让他的大块头能在他们旁边坐下。

"好啦，现在可以聊天了。"他说。他当然认为，他们有义务照顾他，因为是他们把他带到这里来的，而其他的人此时都在忙。

蓬杜斯绞尽脑汁想找出一些可谈的东西。

"你是一个地地道道的小偷老头儿，阿尔弗雷德。"他想先开个小头儿。

阿尔弗雷德点点头说：

"对，我是一个地地道道的小偷老头儿。所以我能戴上这副精制的松紧袖口。"

拉斯莫斯若有所思地看着，他有点儿怕他的手铐。

"你觉得当个小偷真的好吗？"

"如果你考虑选择生活道路时，各方面都应该做一点儿尝试。"阿尔弗雷德摇了摇头。

"嘘嘘，"拉斯莫斯说，"你大概不会相信我想当个小偷吧。"

"是吗，我觉得我说的这些话，就是你想要的所谓的就业指导，"阿尔弗雷德说，"不，拉斯莫斯和蓬杜斯，你们可能永远也当不了小偷！只要你们对针多加小心就行。"他说。

"针？"蓬杜斯不解地看着他。

阿尔弗雷德点点头说：

"对，因为你们不是变成小偷就是变成吞剑者。我的不幸是从吞针开始的。"

"怎么回事？"拉斯莫斯问。

"我从小就开始练习偷针，对吧，"阿尔弗雷德说，"一个穷孩子除了偷针还能偷别的东西吗？后来的事你们就知道怎么发展了……开始偷一根铁针，然后偷一根银针……我就是这样走过来的！"

拉斯莫斯看了看自己的手表。快到 5 点钟了……一个多么不寻常的星期天早晨！他打了个哈欠，这时候他的父亲朝他们走了过来。他说：

"听我说，小伙子们，你们已经完成了任务。现在应该回家了！"

他抚摩着拉斯莫斯蓬乱的头发说：

"带陶科尔回家睡觉吧，不然我们参加春季大联欢时你也醒不了。"

阿尔弗雷德露出一副哲学家的表情。

"啊，生活就是如此奇怪，"他说，"一些人去参加大联欢，而另一些人则去坐大牢。"

"对，当然是这样，"拉斯莫斯说，"不过这跟每个人的所作所为有点儿关系。"

阿尔弗雷德献媚地朝拉斯莫斯的父亲笑了笑，说道：

"这是一个帅气、聪明的孩子，拉斯莫斯！不过头发有点儿乱。"他看了一眼拉斯莫斯蓬乱的头发后补充说，"如果你要参加联欢节，就应该好好把头发梳理一下，这是我的看法。"

第十一章

星期天早晨——真舒服,不知道是谁发明的!在所有的星期天早晨之中,这个早晨最好。陶科尔又回到拉斯莫斯身边。它舒舒服服地躺在那里,把鼻子靠在他的胳膊上,那么安详,好像从来没有落入过劫匪之手。拉斯莫斯把手掌放在它长着黑毛的头上,小声说:

"陶科尔,我是多么喜欢你,多么喜欢……"

陶科尔一惊,马上醒了。它急切地看着自己的主人。

"啊,不行,别任性。"拉斯莫斯说,"你已经出去过了,今天早晨5点钟。乖乖,记得吧!"

他看了看表。12点!乒乓,这时候已经不再是星期天早晨,而是不折不扣的明亮的中午,很快就要到参加春季联欢节的时间了。

他闻到了从厨房里传来的轻微的炸火腿的香味,他躺在床上跟自己作了一会儿斗争,哪一个最舒服……是继续回到陶科

尔身边，躺到床上，还是起床吃早饭？这时候他听见有人开了门。

"啊，他已经醒了。"妈妈说。随后他们一起来到他的身边，妈妈、爸爸和普丽根，妈妈手里拿着托盘，里边有给他吃的早饭。他突然不安起来。

"我大概没有生病吧？"他说。

妈妈是一个心细的女人，她很远就能看出你发烧了，而你自己可能还不知道，这时候她会不由分说地把你按在床上休息，不管你愿不愿意。但是有时候，比如遇到地理或类似的小测验，躺在床上说自己有点儿发烧，啊，自己确实感到发热、病了，这时候她会直接说：

"别犯傻，起床下地！"

今天她把托盘放到他床前，甚至连陶科尔应该睡在篮子里这样的话也没说，她只是笑。

"对，你没有病。但是爸爸说，你仍然可以得到火腿、鸡蛋这样的犒劳。"

他的父亲晃了晃手里最新一期的《西水湾报》说：

"对，拉斯莫斯，你看一看这期报纸，你就会看到……"

"里边有广告？"拉斯莫斯急切地问。

爸爸点了点头：

"对，当然，不过……"

普丽根一下子朝陶科尔扑过去,把它从床上拉到地板上,并让它靠近自己,拼命地抚摩它。

"小宝贝儿,陶科尔,想想看,你终于回家了……你知道吗,你被要求给西水湾182号打电话……行吗?我们得看一看,你是怎么把电话打回来的?"

拉斯莫斯让她继续抚摩。这确实是他的狗,不过当他把狗带回家时,普丽根早晨还在睡觉,所以她现在可以再抚摩一会儿。

当时只有妈妈起床了,她为陶科尔的失而复得高兴得哭了。其中有一小部分原因是因为拉斯莫斯深更半夜的在外边追捕银器盗窃犯。

但是现在她不哭了,而是给他吃火腿、鸡蛋和新烤的法式小面包,好吃极了!拉斯莫斯狼吞虎咽吃起来。

爸爸站在床旁边,打开了报纸。

"听着,别说话。"他说。

"我都能背下来。"拉斯莫斯说。他嘴里塞满火腿肉,"陶科尔,粗毛达克斯小猎狗走失……"

"小笨蛋,"爸爸说,"最新消息。"他读道:"银器盗窃者已经落网。联合废品股份有限公司功不可没。"

拉斯莫斯睁大了眼睛,说:

"报上有关于我们的消息?肯定没有多少东西可写!"

他的父亲用责备的目光看着他说:"你一定要让人家说什么'世纪大盗案'之类的话吗?对,报纸上就是这样说的,可不是我说的!"

"为了能刊登这条消息,报纸推迟印刷达五个小时。"妈妈说。

普丽根用赞美的目光看着自己的弟弟,说:

"啊,你,你是一个真正的英雄,你自己还没意识到。蓬杜斯也是。"

"哎呀哎呀!"拉斯莫斯说。他很高兴,因为除了蓬杜斯和他自己,没有人知道他们是怎么成了英雄的。连上士警察和爸爸对爱情受害者救援队也一无所知,他们以为他和蓬杜斯爬进冯·荣根家,是为了调查恩斯特和阿尔弗雷德到底偷了什么东西。如果报纸把降价商品目录的事也登在报上,那普丽根肯定高兴不起来了。

"不过现在我想知道一件事,"妈妈坚定地说,"你听好,我可爱的儿子,周四夜里你到底在外边做什么啦?"

看呀,他一直期待的事情来了!他往嘴里塞了一大块火腿肉,以便他有时间一边嚼一边思考。

然后他用一双天真的蓝色大眼睛看着自己的母亲说:

"你自己前几天说过,像五六月这样明亮的夜晚确实不应该睡觉。"

妈妈笑了。

"但我指的不是年纪小的男学生。"她说。

"好啦，我们现在已经不管这件事了。"爸爸说，"我小的时候做游戏，夜里也在敌人的草棚周围转来转去。"

"我可没有。"妈妈肯定地说。

"对，不过你从来也没有抓住过银器盗贼。"爸爸说。

当拉斯莫斯吃完早餐一个人在房间里的时候，他仔仔细细地阅读了报纸上关于他和蓬杜斯的所有消息。"男爵冯·荣根的保险公司肯定要给这两个男孩一笔报酬"，报纸上说。乒乓，听起来真没劲，从保险公司能得到一笔什么报酬呢……大概是一点儿疏漏保险吧？我还是喜欢爸爸曾经答应的奖赏——整个联欢节期间随便吃冰棍儿！

他也读了那则寻狗启事，让他感到高兴的是，那只粗毛达克斯小猎犬并没有走失。

"啊，陶科尔，今天报纸上有关于你的消息……两个地方。你是一个英雄，陶科尔，你知道吗？"

陶科尔叫了几声，好像它真知道。

然后拉斯莫斯从床上跳下来。他相当认真地洗了脸，特意梳了梳头，就像他答应阿尔弗雷德那样。他穿上衬衣和牛仔裤，来到厨房。

"不行，你知道吗？"妈妈说，"你这个样子不能参加春

季联欢节!快穿上法兰绒西服!"

拉斯莫斯受到深深的伤害。他已经认认真真地洗了脸、梳了头,大大超过了平时。但是白费事,他们根本视而不见,而是一味地反对他的装束。

"一定要穿节日盛装吗?"他生气地说,"那样的话我宁愿待在家里。"

妈妈点了点头,说:

"是吗,好,那你就别去了。"

拉斯莫斯不满地看着她。

"哎呀哎呀,那我就白梳洗了。"

妈妈看着他的耳朵。

"我相信,这是你有生以来第一次洗得这么认真,是不是呀?"

"对,甚至连耳朵的凹处都洗了。"拉斯莫斯说。

妈妈把他拉到自己身边,理了理他湿过水的头发。

"你的头发梳理得这么好……完全是你自己想出来的?你大概已经长大了吧?"

不,这不是他自己想出来的,他不需要。很明显这是众望所归,全国的人对他梳头、洗脸和穿衣这类事都感兴趣,甚至那两个年老的银器盗窃者也关心这件事。

"你看到普丽根穿得多漂亮了吗?"爸爸问。

"哎呀，男孩子和女孩子在穿衣打扮上还是有区别的。"拉斯莫斯说。

"真的？"普丽根说。

她站在他正前方，一连转了几圈。她穿的是粉格子衣服，裙子飘逸漂亮，拉斯莫斯承认普丽根很"俏"。女孩子很喜欢把自己打扮得很俏丽。

不过她还是高兴不起来。普丽根，一点儿也不兴奋。

"抬起头来，普丽根，"爸爸说，"参加联欢节，看起来像一朵雏菊，难道不应该高兴吗？"

普丽根站在妈妈挂在厨房墙壁上的小镜子前面，看着自己忧愁的面孔，苦笑了一下说："一朵鼻子上长着雀斑的雏菊，对吗？"

她每年春天脸上都要长这种可恶的雀斑，她对此非常在意。春天的时候拉斯莫斯脸上也长雀斑，但是他看不出它们会碍什么事。妈妈也不认为这有多大关系。

"脸上有雀斑只能让人觉得可爱，你知道吗，普丽根？"她说。

普丽根又苦笑了一下。

"对，长在别人脸上……雀斑总是可爱的。"说完她就转身走了。

"再见！我必须提前到，因为我们要练习！"

"好啦，到底应该怎么办？"当普丽根走了以后，拉斯莫斯说，"我能不能穿牛仔裤去？"

"他大概可以穿吧……作为一个小小的奖励？"爸爸用期盼的目光看着妈妈。

拉斯莫斯也用期盼的目光看着她。

"可以吗？"

妈妈又一次理了理他梳得整齐的头发。

"奖励为国家忠诚而勤奋工作的人……春季联欢节免穿法兰绒西服！"

"棒极了！"拉斯莫斯说。然后他又想了一下。

"在这个家里，是妈妈决定一切吗？"他问。

"不，你搞错了，"他的父亲说，"你完全搞错了！过去是你妈妈决定一切……"

"那现在她不管了？"

"对，你看到了，普丽根现在已经长大了，在这种情况下我们要成立所谓联合政府这类东西。"

但是妈妈不说话，只是笑。

"好啦，当然是爸爸决定一切。现在他决定，我们赶快出发。"爸爸说。

这时候陶科尔叫了起来，以表明自己的存在，拉斯莫斯激动起来。

"我也想决定一件事，"他说，"我决定让陶科尔跟着！"

陶科尔叫得更厉害了。"陶科尔可以跟着"，他认为这句话是今后家里应该常使用的一句话。

妈妈弯下腰抚摩它。

"对，它需要跟着。"她说，"在经历了那么多事情以后它应该这样。不过你要给它拴锁链，这是不用说的。"

相反，"锁链"一词他们很愿意去掉。

陶科尔叫着，随后它叫得更厉害了，因为这时候有人敲门，蓬杜斯走进来，兴高采烈，面颊红润……也穿着牛仔裤。

拉斯莫斯冲过去，高兴地推了他一下。他为看到他而高兴，另一个原因是蓬杜斯也穿着牛仔裤。当蓬杜斯来的时候，他已经穿戴好，还有一个原因是陶科尔又回家了，让他高兴的其他的原因此时他记不得了。

"你看到报上刊登的有关我们的消息了吗？"蓬杜斯激动地说。

拉斯莫斯点了点头。他们站在厨房门口，回忆着他们经历的各种引人注目的事情。此事所以变得引人注目，是因为报纸发了消息，他们带着满意而惊奇的笑容互相看着，但是没有说什么。拉斯莫斯伸了一下懒腰，然后把双手放进裤子口袋里。

"趁此机会，斯迪格至少有几天可以保持安静。"他说。

随后他们去参加联欢节。

每年五月的最后一个星期天，西水湾中学都要在乡村公园举办春季大型联欢节。蓝黄两色国旗在白色旗杆上迎风招展，一派爱国主义景象，学校的合唱团歌唱繁花盛开的美丽山谷，这时候校长要讲话，赞美青年和春天。"啊，青年，你们是多么美丽！"他用温柔的声音说，而西水湾所有的爸爸、妈妈则不住地点头称赞，每年都是如此。因为青年永远是美丽的，尽管青年人千差万别。他把这句话又说了一次，这位老校长已经忘记他说过一次了。"啊，青年，你们是多么美丽！"他说，而每一位爸爸、妈妈都在努力寻找自己的儿子或女儿。有时候会发生这样的情况，穿着粉格子棉布连衣裙的姑娘坐在乐队席上，确实很美，但是很沮丧，与此相反，那位男孩子则没心没肺，嘴里吃着冰棒，四处游荡……保持适度的距离，他不想听校长讲话。这时候他们的母亲则认为，11岁是一个好年龄。

11岁的拉斯莫斯自己也认为是这样。

"你听我说，我们再去买一根冰棍儿。"他对蓬杜斯说，"我一定给陶科尔也买一根，它很喜欢吃冰棍儿。"

"我已经吃了两根。"蓬杜斯说。

"啊呀，这只是一个小小的开头。"

校长这时候已经结束讲话，"叮叮当当"乐队开始演奏，阳光灿烂，紫丁香花盛开。明天它们可能就枯萎，因为它们的花期将要过去，但是今天它们的扑鼻芳香弥漫在整个乡村公园

上空。

陶科尔使劲要挣脱锁链。它一点儿也不把"叮叮当当"乐队当回事,但是拉斯莫斯和蓬杜斯既想听也想看。

"他们演奏得确实很不错。"拉斯莫斯说。

"对,"蓬杜斯说,"你看见尤阿基姆坐在那里一直看着普丽根了吗?顺便问一句,拿到自己的照片时,她说了什么?"

拉斯莫斯显得很沮丧:

"乓乓,我还没有给她那张照片!我真笨,本来今天早晨一到家就应该给她。"

"对,这还用说。"蓬杜斯说,"冰棒的事怎么办?"

"我们现在就去买。"

拉斯莫斯让陶科尔随意走,同时他们寻找卖冰棍儿的人。这时候他们在人群中碰到了弗利贝里老师。他手持文明棍,一身崭新的春季西服,一点儿也不像在学校里那副模样。

"啊呀,看看这位拉斯莫斯·佩尔松,"他说,"还有蓬杜斯兄弟!当今的英雄,如果当地报纸可信的话!"

他用文明棍钩住拉斯莫斯的脖子:

"是呀,是呀,你们俩算术成绩都不算好,但是这不妨碍你们成为男子汉。让我请你们每一个人吃一根冰棍儿,怎么样?"

"谢谢,"他们说,"非常非常感谢!"

他们很有礼貌地鞠躬致谢,并偷偷地互相看了看。真是太

奇怪了……有时候连一根小冰棍儿也吃不着，但是现在，一整天冰棍儿随便吃，这时候弗利贝里老师来了，请他们吃更多的冰棍儿。

他给了他们每个人50厄尔就走了，挥了一下文明棍说："再见，拉斯莫斯·佩尔松！再见，蓬杜斯兄弟！"

当他们吃了很多很多冰棍儿、开始感到厌烦的时候，联欢

节也进入尾声,这时候他们离开欢闹的世界,躺在绿草地上休息。

"如果你保证待在这里,可以自由一会儿。"拉斯莫斯一边说一边放开陶科尔。

看样子陶科尔好像作了保证。它激情地在附近的树丛里用鼻子闻来闻去,寻找到很多有趣的东西。但是它突然发现了某个更加有趣的东西,在远处的音乐席附近它隐约发现了狗狗特珊,它立即启动它的四只短腿飞快地跑向那里。

"陶科尔,快回来!"拉斯莫斯喊叫着。

陶科尔执意朝前跑,好像没听见一样。但是在它跑得最得意的时候,突然有人伸出一只强有力的手抓住它的链子,很不体面地把它扔回主人身边。他的主人愤怒地瞪着眼睛,但不是对着陶科尔,而是那个把它扔回来的人。

"好哇,我总算在这儿找到你们了!"尤阿基姆说,"联合废品股份有限公司,你们好!如果你们能知道,我爸爸有多高兴就好了!"

"你真有意思!"拉斯莫斯冷淡地说。

"他一有时间就会来感谢你们,"尤阿基姆信誓旦旦地说,"不过在此之前,我大概可以先请你们吃一根冰棍儿吧!"

蓬杜斯狡黠一笑。

"多谢了,"拉斯莫斯刻薄地说,"用不着吃什么冰棍儿!"

尤阿基姆看着他笑了起来：

"是吗，不吃？好，但是不管怎么说，还要感谢你们。如果你们能知道我爸爸有多高兴就好了。"

拉斯莫斯用敌视的目光看着他：

"你说的话我已经听到了！如果所有的人都同样高兴就好了。"

"你说这话是什么意思？"尤阿基姆问，"谁不高兴呀？"

"不关你的事。"拉斯莫斯说，"但是不管怎么说，她不愿意让扬亲吻她，她一直在躲闪。"

他说完之后，脑子里闪过一个念头：这样说出来，可别让普丽根像他们帮助埃努克松夫人过马路一样弄巧成拙，先是愿意，后来躲闪。

尤阿基姆脸上露出一种奇怪的表情。

"从小不点儿孩子嘴里说出这样的话。"他说，"是吗，你们不想吃冰棍儿？"

"不想，谢谢，"拉斯莫斯说，"你和你的降价商品目录见鬼去吧！"

这时候尤阿基姆走了。

"他大概要去高台子了。"蓬杜斯说。

乡村公园地势很高，那里有一个高台子，掩映在长满树疖的大橡树之中。树底下有两个公园靠背椅，上边坐着人，从那

里可以看到整个西水湾：古老的议会大厦、古老的教堂和那所久负盛名的中学。这个季节那里确实很美，所以尤阿基姆要到高台子去一点儿也不奇怪。

"刚才我好像看到普丽根也到那里去了。"蓬杜斯说。

拉斯莫斯深深地看了他一眼，然后套住陶科尔。

"好吧。"他说，"如果我们能到那里转一圈看看风景也不错，已经好久没去了。"

实际上他自己也不记得，他什么时候真对那个地方感兴趣，但此时此刻他对那里的风景有了浓厚的兴趣。

就这样，拉斯莫斯、蓬杜斯和陶科尔，一起走向高台子。

他们没有直接走过去，因为他们从老远就看到，靠背椅上都坐着人。遇到这种情况，他们只有一件事可以做——趴在橡树后边等待，直到椅子空出来。

其中一把靠背椅上坐着一个穿粉格子棉布连衣裙的人，旁边坐着一个穿浅灰色法兰绒西服的人，他们用最令人吃惊的耐心看着风景。当下正是各家院子里的苹果树和紫丁香花盛开的时候，此时的西水湾确实很美，但是再美的风景也不需要没完没了地看。至少应该回一下头，看看谁坐在旁边的椅子上。但是没有，坐在那里的两个人一次也没有！

"你看我这里有什么？"拉斯莫斯一边说一边从裤子口袋里掏出一张照片。照片有一点儿破损，几乎看不出是谁，但是

上边写的字很清楚,他们俩一起读:"她,是我的唯一。"

"他的心可能没有变。"蓬杜斯一边说一边看着拉斯莫斯的眼睛。而拉斯莫斯坚定地点了点头。

"替我拉一会儿陶科尔,"他说,"我很快就回来。"

11岁的时候,人的生活是丰富多彩的。一天是开联合废品股份有限公司,另一天组建爱情受害者救援队。此时站在橡树后面偷听人家讲话的人,已经完全不是人们想象中的联合废品股份有限公司的人,不是,他们是刚才不声不响地把一张小照片放在普丽根旁边靠背椅上的爱情受害者救援队。此时他们

看着风景,拉斯莫斯、蓬杜斯,可能还有陶科尔。不过他们不是看西水湾的全景,全景他们看不到。他们只能看到那张靠背椅、普丽根和尤阿基姆。他们看到普丽根用双手搂着尤阿基姆的脖子。

救援队可能满意了,而她大概也满意了。

但是蓬杜斯感到有一点儿怪怪的,不舒服。想想看,如果他自己有一天也像靠背椅上那两个人那样不理智,真不知道应该怎么办!他不安地摇了摇头说:

"但愿永远不会有这样的事出现!"

而拉斯莫斯安慰他,拉斯莫斯对自己的事坚信不疑。他说:

"不会的,请你放心,我们永远不会变成这样。"

～译者后记～

我完成了瑞典著名儿童文学作家林格伦作品系列的第八卷《我们都是吵闹村的孩子》的翻译工作后,心里特别高兴,回想起翻译林格伦的作品完全出于偶然。1981年我去瑞典斯德哥尔摩大学留学,主要是研究斯特林堡。斯氏作品的格调阴郁、沉闷,男女人物生死搏斗、爱憎交织,读完以后心情总是很郁闷,再加上远离祖国、想念亲人,情绪非常低落。我吃不好饭,睡不好觉,每天不知道想干什么,想要什么,有时候故意在大雨中走几个小时。几位瑞典朋友发现我经常有意无意地重复斯特林堡作品中的一些话。斯特林堡产生过精神危机,他们对我也有些担心,因为一个人整天埋在斯特林堡的有着多种矛盾和神秘主义色彩的作品中很容易受影响。他们建议我读一些儿童文学作品,换一换心情。我跑到书店,买了一本林格伦的《长袜子皮皮》,我一下子被崭新的艺术风格和极富人物个性的描写所吸引。我一边读一边笑,觉得自己浑身充满了力量。我好像跟皮皮一样,能战胜马戏团的大力士,比世界上最强壮的警察还有力量,愤怒的公牛和咬人的鲨鱼肯定不在话下。由于

职业的关系，我读完一遍以后开始翻译这本书，一个暑假就完成了。从此，翻译林格伦的书几乎成了我的主业。

我第一次见到林格伦是在 1981 年秋天，是由给我奖学金的瑞典学会安排的。她的家在达拉大街 46 号，对面是运动场，旁边有森林和草地。当时女作家还算年轻（74 岁），亲自给我煮咖啡。我们谈了儿童文学和儿童教育问题。1984 年我从瑞典回国，她表示希望到中国看看。这个消息传出以后，瑞典—中国友好协会和瑞典驻中国大使馆立即表示，什么时候都可以安排。不过医生认为，路途太遥远，不宜来华访问，因此未能成行。但是她对我说，由于她的作品被译成中文，她开始关注中国的事情。1997 年她已经 90 岁高龄，并且双目失明，在一般情况下她已经不再接待来访者，但当她听说我到了斯德哥尔摩以后，一定要见一见。当时我和我的夫人都很感动，在友人的帮助下，我们一起合影留念。2000 年秋我去斯德哥尔摩的时候，朋友告诉我，她的身体已经很不好，大部分记忆消失，已经认不出人了。但是圣诞节的时候，我仍然收到了以她的名义寄来的贺卡。

不知什么原因，我和林格伦女士一见如故。她曾开玩笑说，可能是我们都出生在农民家庭。1984 年我回国以后一直与她保持联系，有时候她还把我写给她的信寄到报社去发表。1994 年，当她得知我翻译时还用手写的时候，立即给我寄来

10000克朗，让我买一台电脑。我和她虽然相隔几千公里，但我和我的家人时刻惦记着她，希望她健康长寿。

  我已经把林格伦的主要作品和一部分由她的作品改编成的电影译成中文，断断续续用了20年的时间。作品中的故事大都发生在20世纪上半叶，作家笔下的风俗、习惯、传统、民谣、器物等，现代人都比较陌生了。我在翻译中遇到的问题，除了作家本人亲自给我讲解以外，还得到很多瑞典朋友的帮助，如罗多弼和列娜夫妇、林西莉女士、韩安娜小姐、史安佳女士和隆德贝父女等，在此对他们表示深深的感谢。希望我的拙译能给小读者们和他们的父母带来愉悦，并增加对这个北欧国家儿童生活的了解。

永远的皮皮
永远的林格伦

中国少年儿童新闻出版总社隆重推出——

国际安徒生奖获得者
瑞典童话大师林格伦儿童文学全集

长袜子皮皮　淘气包埃米尔　小飞人卡尔松　大侦探小卡莱　米欧，我的米欧

狮心兄弟　吵闹村的孩子　疯丫头马迪根　绿林女儿罗妮娅　海滨乌鸦岛

叮当响的大街　铁哥们儿擒贼记　小小流浪汉　姐妹花

中国最著名的瑞典文学翻译家李之义先生，曾荣获瑞典国王颁发的"北极星勋章"。他用近30年的时间完成了林格伦儿童文学全集的翻译，其译作准确生动、风趣幽默，深受中国孩子喜欢。